The Record of

재중
귀환록

FUSION FANTASTIC STORY
푸른 하늘 장편 소설

재중 귀환록 4

푸른 하늘 장편 소설

초판 1쇄 찍은 날 § 2014년 5월 26일
초판 1쇄 펴낸 날 § 2014년 6월 2일

지은이 § 푸른 하늘
펴낸이 § 서경석

편집부장 § 권태완
편집책임 § 박가연

펴낸곳 § 도서출판 청어람
등록번호 § 제387-1999-000006호
등록일자 § 1999. 5. 31
어람번호 § 제1-1862호

주소 § 경기도 부천시 원미구 부일로 483번길 40 서경B/D 3F (우) 420-822
전화 § 032-656-4452 팩스 § 032-656-4453
http://www.chungeoram.com
E-mail § chungeorambook@daum.net

The Record of Dragon's Return

재중
귀환록

쟁롯

푸른 하늘 장편 소설

FUSION FANTASTIC STORY

도서출판 청어람

Chapter 01
파멸

재중 귀환록

CONTENTS

"이건 꿈일 거야. 이건… 꿈이야."

정태만은 이제는 사라져 버린 자신의 빌딩이 있던 곳을 바라보면서 하염없이 중얼거렸다.

하늘에서 운석이 떨어졌다느니, 거대한 창이 떨어져 빌딩을 가루로 만들어 버렸다느니 주변에서 끊임없이 말들이 들려왔다.

하지만 정태만은 지금 그런 말들이 제대로 귀에 들어오지 않는 상태였다.

저벅저벅.

정태만은 처진 어깨와 힘없는 발걸음으로 사라져 버린 자신의 빌딩이 있던 곳으로 다가갔다.

하지만 희뿌연 먼지가 아직도 하늘에서 눈처럼 내리는 상황이라 가까이 갈 수가 없었다.

"콜록콜록."

지금 이곳은 마치 미세먼지처럼 하늘에서 뿌옇게 시멘트 가루가 떨어지는 상황이었다.

때문에 주변에 사람은 많았지만 가까이 오는 이는 없었다.

그리고 그날 뉴스는 특보를 내보내기 바쁜 날이 되어버렸다.

강남 근처는 워낙에 CCTV가 많기도 하지만 건물마다 보안 카메라가 가장 많은 곳이기도 하다.

덕분에 가루가 되어 사라져 버린 빌딩의 모습이 고스란히 영상으로 남겨졌다.

더욱 사람들의 이목을 끄는 이유는 바로 정태만의 빌딩 가치였다.

평당 1억에 15층으로 된 빌딩이 증발하듯 사라져 버렸으니 말이다.

간단하게 말해서 정태만은 불과 1분 남짓한 시간에 수백억을 날려 버렸다.

더욱이 억울한 것은 보험 처리도 안 된다는 것이다.

국내는 지진이나 천재지변이 거의 없는 곳이고 특히나 강
남은 더더욱 그렇다.

　그래서 정태만 역시 다른 사람들과 비슷하게 화재보험만
든 상태였다.

　빌딩이 사라지던 당시 영상을 보면 처음 원인 모를 화재가
건물에 일어나긴 했다. 하지만 그 불로 인해 건물이 통째로
가루가 되는 것은 있을 수가 없는 일이었다.

　당연히 보험사에서는 정태만의 배상 요구를 거절했다.

　인공위성이 떨어졌다느니 하늘의 심판이라니 이상한 루머
가 떠돌긴 했지만 정확한 원인은 추측이 되지 않았다.

　그저 미스터리로 남겨지게 될 영상뿐이다.

　그러나 그렇게 시작된 강남빌딩 증발 사건은 오히려 시작
에 불과하리라고는 전혀 생각지도 못했다

　정태만 본인조차도 말이다.

＊　　　＊　　　＊

　—마스터, 이번 빌딩도 스크류 메테오로 부숴 버릴 거예
요?

　재중이 테라와 함께 모습을 드러낸 곳은 방금 부숴 버린 빌
딩에서 그리 멀지 않은 곳에 위치한 또 다른 빌딩이다.

물론 이 건물의 소유주도 정태만이다.

"사람은?"

이번 빌딩은 사무실로 쓰는 빌딩인지 방금 전에 날려 버린 빌딩과 달리 모두 불이 꺼져 있는 상태이다.

—음, 경비를 서고 있는 세 명 외에는 없어요.

"쫓아버려."

재중은 나직하게 한마디 하고는 천천히 허공으로 솟아오르기 시작했다.

그런데 조금 전과 달리 이번에는 건물이 내려다보일 정도의 높이까지만 올라가곤 멈춰 섰다.

사실 처음 빌딩을 부숴 버릴 때도 스크류 메테오까지 쓸 만큼 대단한 일은 아니었다.

그저 연습생을 팔아먹는 모습에 화가 치밀어 오른 재중이 자신의 감정을 추스르지 못해 전략적 핵병기에 맞먹는 스크류 메테오를 사용했을 뿐이다.

그래도 그게 효과가 있었나 보다.

두 번째 빌딩을 바라본 재중은 첫 번째 빌딩을 너무도 화려하게 처리했다는 것을 깨닫곤 방법을 바꾸기로 했다.

물론 빌딩이 사라지는 것은 변함없지만 말이다.

"설마 내가 지구에서 힘을 쓰게 될 줄이야. 쩝."

드래곤 블러드와 나노 오리하르콘이 합쳐진 자신의 힘.

이건 지구의 입장에서 보면 재앙이나 마찬가지다.

핵탄두가 직접적으로 재중을 때려도 재중은 머리카락 하나 다치지 않을 테니 말이다.

그래서 가능하면 자신은 나서지 않으려고 했다.

오직 죽이지 않으면 자신이 죽는 전쟁을 치른 재중에게 적당히 한다는 것은 도저히 불가능한 일이었다.

그렇기에 지금까지는 흑기병과 테라의 힘을 빌렸다고 해도 틀린 말이 아니다.

하지만 정태만에 관해서는 결코 테라와 흑기병의 힘을 빌릴 수가 없었다.

자신의 과거, 불행의 시작, 연아와 생이별을 하게 만든 원인 등 모든 것이 정태만과 연관되어 있기에 그럴 수가 없는 것이다.

순간 치밀어 오른 화를 참지 못해 요란하게 처리하긴 했지만 사실 재중은 자신의 힘을 아직 10%도 사용하지 않았다.

겨우 10%의 능력만으로도 이 정도인데 모두 발휘한다면 어떻게 되겠는가?

지구 정복이라는 말이 결코 불가능한 것만도 아니다.

그것이 아직 숨겨진 재중의 능력이었으니 말이다.

"짓이겨 주지. 확실하게."

다시 재중의 눈동자가 은색으로 변했다. 머리카락도 바람에 흩날리면서 천천히 은색으로 변해갔다.

하지만 처음과 달리 눈동자와 머리카락만 변했을 뿐 다른 곳은 멀쩡했다.

휘이이이잉!

슬쩍 내뻗은 재중의 양손이 바로 아래에 있는 빌딩을 향했다.

그러자 어디선가 바람이 불기 시작하더니 조용히, 하지만 빠르게 무언가가 모여들기 시작했다.

그런 재중의 모습을 본 테라가 중얼거렸다.

―이번에는 중력을 사용하시려는 건가?

사실 재중과 가장 가까이 지낸 테라도 아직 재중이 얼마나 많은 능력을 숨기고 있는지는 정확하게 알지 못했다.

이미 테라 자신이나 흑기병이 재중에게 합류하기 전부터 재중은 혼자서 드래고니안을 상대로 싸우고 있었으니 말이다.

하지만 지금 재중이 하려는 것이 무엇인지는 어느 정도 알고 있었다.

바로 주변의 마나를 강제로 끌어와 마나의 밀도를 높이는 수법이다.

특이하게도 재중이 마나의 밀도를 높이면 높일수록 중력도 같이 강해지는 특징이 있었다.

그리고 테라는 재중이 그런 특징을 이용해서 싸우는 것을 자주 봤었다.

때문에 재중의 주변으로 마나의 밀도가 점점 높아지는 것을 보고 짐작할 수 있었던 것이다.

전에 재중이 전희준과 한비아를 데리고 올 때 조폭들이 있던 땅 밑을 꺼지게 만들어 파묻어 버린 것도 지금 사용하는 중력 제어의 한 가지 방법이었다.

마치 물에 젖은 모래를 힘으로 뭉쳤다가 놓으면 허물어져 버리는 것처럼 말이다.

다만 일반 모래와 달리 재중은 마나의 밀도를 조정해서 몇십 배, 몇 백 배나 강하게 압축했다 풀어버린다. 그래서 마치 싱크홀처럼 내려앉아 버리지만 말이다.

사실 이 마나의 밀도를 조정해서 중력을 제어하는 능력은 드래곤의 피를 각성하고 나서 생긴 것이다.

마나를 먹고 살며 마나의 품에서 태어나 마나의 품으로 돌아가는 드래곤들처럼 재중도 인간의 몸을 한 드래곤이 되었기에 가능하리라고 예상만 할 뿐이다.

사실 재중 본인도 어떻게 자신이 이렇게 중력을 제어하는지는 자세히 모르고 있었다.

그저 어쩌다 사용하게 되었고, 그것이 드래고니안을 상대할 때 커다란 위력을 발휘했기에 자주 사용할 뿐이다.

그리고 자주 사용하다 보니 마나의 밀도를 조종, 중력을 제어하는 능력을 마음먹은 대로 다룰 수 있게 되었고 말이다.

쿠쿠쿠쿠쿠쿠!!

콰지지직!! 콰직!!

콘크리트로 만들어진 빌딩이다.

하지만 재중이 빌딩의 중심에 마나의 밀도를 몇 백 배까지 끌어 올려 압축하자 압축된 마나가 마치 블랙홀처럼 주변의 모든 것을 빨아들이기 시작했다.

콰르르르르르르!! 콰르르르르르르!!

마치 보이지 않는 커다란 손이 허공에서 빌딩을 움켜잡아 찌그러뜨리는 것 같았다.

빌딩의 모양이 변하기 시작하더니 불과 몇 초가 지났을까?

쿵!!

빌딩이 있던 자리에 남은 것은 커다란 크기의 철근과 콘크리트로 만들어진 둥근 구슬 모양을 한 커다란 구체뿐이다.

커다란 빌딩이 어떻게 저렇게 작아진 건지 도저히 믿을 수 없을 만큼 크기가 작았다.

하지만 워낙에 강한 힘에 압축되었기에 그 무엇보다 단단했다.

통통!

재중이 자신이 만들어놓은 커다란 둥근 콘크리트 덩어리에 다가서 손가락으로 한 번 때렸다.

콘크리트 덩어리에서 들린다고는 생각 할 수 없는 맑은 소리가 울렸다.

"잘됐네."

압축력이 강하면 강할수록 뭉치는 밀도는 높아지게 마련이다.

그리고 밀도가 높으면 높을수록 단단하면서도 무거워질 수밖에 없다.

가장 확실히 알아보려면 반으로 잘라보면 된다. 하지만 이미 익숙한 재중은 몇 번 두들겨 보기만 했다. 소리만 들어도 얼마나 단단하게 압축이 잘 되었는지 확인이 가능했다.

너무나 강한 힘에 압축되어 버린 콘크리트는 마치 처음부터 둥근 모양의 구체인 듯 표면마저 매끈한 모습이 커다란 구슬 그 자체였다.

"다음으로 가야지."

―네, 마스터.

재중이 이렇게 정태만의 빌딩과 상가 등만 골라서 완전히 부숴 버리는 데는 이유가 있다.

바로 정태만의 기본 재산이 이것들이기 때문이다.

처음 재중이 가루로 만들어 버린 빌딩만 해도 정태만이 가지고 있는 재산의 1/4에 해당할 만큼 엄청난 가치를 지니고 있다.

그리고 테라가 알아보니 정태만은 건물에 모두 올인해 투자해서 성공을 거둔 상태였다.

그 말은 가장 빠르고 확실하게 정태만을 무너뜨리려면 빌딩과 건물만 없애면 되는 것이다.

간단하지 않은가?

상식적으로는 도저히 납득이 가지 않겠지만 재중에게는 손바닥 뒤집는 것보다 쉬운 일이었다.

재중은 정태만의 소유로 있는 빌딩은 중력 제어를 이용해서 모조리 콘크리트 구슬을 만들어 버렸고, 정태만이 소유한 상가는 위에서 힘으로 내리눌러서 부숴 버렸다.

물론 빌딩과 상가에 입주해 있는 사람들의 물건과 집기 등도 모두 한꺼번에 말이다.

사실 테라가 조금만 마법을 쓰면 상가나 빌딩 안의 집기 정도는 충분히 빼내고 건물만 부숴 버릴 수도 있었다.

하지만 재중은 일부러 그리하지 않았다.

왜냐하면 정태만의 수중이 있는 현금까지 모조리 써버리게 하기 위해서이다.

건물주로서 배상해 줘야 하는 돈이 결코 적지 않을 것이다.

그걸 다 배상하고 나면 과연 정태만의 손에 더 이상 돈이 남아 있을지 의문이다.

물론 남아 있다고 해도 상관은 없다.

정태만의 손에서 돈을 빼돌리는 것은 얼마든지 가능하니 말이다.

*   *   *

반면 이렇게 재중이 막 정태만의 건물들을 부수고 다닐 때 기자들은 난리도 이런 난리가 아닌 상황이 갑자기 벌어져 정신이 없었다.

"뭐? 건물이 사라져? 그것도 눈앞에서?"

"미친!! 어서 뛰어!! 동영상 확보하고 무조건 우리가 먼저 도착해야 해!! 뛰어!!"

처음에는 기자들도 믿지 않았다.

허무맹랑한 제보를 하는 경우가 너무나 흔했기 때문이다.

하지만 실시간 뉴스에 커다란 강남의 빌딩이 가루가 되어 사라지는 장면이 방송을 타자 그제야 난리가 났다.

"벌써 빌딩만 네 개째랍니다!"

"난리도 이런 난리가 없네. 이게 무슨 일이야, 도대체?"

사실 자신들이야 기삿거리가 생기니 좋기도 했다.

하지만 한편으로는 갑자기 연쇄적으로 빌딩들이 사라지는 것이 아무래도 뭔가 꺼림칙한 느낌이 드는 것은 어쩔 수가 없었다.

거기다 소식통에 의하면 지금 강남에서 사라지는 빌딩과 상가의 소유주가 단 한 사람이라고 한다. 그 사실이 더더욱 그런 꺼림칙한 의심을 증폭시키고 있었다.

"이걸… 믿어야 해, 말아야 해?"

처음에 가루가 되어 사라진 빌딩은 이미 전파를 탔으니 그러려니 했다.

하지만 두 번째부터는 제보를 받고 도착해 사진을 찍으면서도 이걸 믿어야 할지 말아야 할지 판단이 서지 않는 중이다.

빌딩이 있던 자리에 빌딩은 사라져 버리고 웬만한 2층 주택 크기만 한 커다란 콘크리트 구슬이 떡하니 자리 잡고 있으니 말이다.

이 모습을 보게 되면 그 누구라도 이런 반응일 것이다.

하지만 발 빠른 몇몇 기자가 주변의 건물을 수소문해서 CCTV 화면을 확보했다.

화면을 확인해 본 결과 믿을 수 없는 일이 벌어졌다.

마치 작은 블랙홀이 건물의 중심에서 나타나 빨아들이고는 사라진 것 같은 모습이었다.

"이거 이대로 내보내도 될까?"

기자들이 가져온 영상을 확인해 본 편집장도 이걸 그대로 내보내야 할지 말아야 할지 순간 판단이 서지 않았다.

하지만 결국 확실히 이슈가 되기에 충분하다는 판단에 영상을 그대로 홈페이지에 올렸다.

그리고 전국이 들썩이기 시작했다.

특수 그래픽이라는 등, 영화 홍보용 영상이라는 등 여러 말이 쏟아졌다.

하지만 결국 그날 저녁 뉴스 시간에 똑같은 영상과 함께 하룻밤 만에 사라진 강남의 건물들이라는 뉴스를 듣고서는 사람들도 믿지 않을 수가 없었다.

물론 재중은 세상이 그렇게 떠들거나 말거나 신경 쓰지 않았다.

인비저빌리티로 모습을 감춘 채 빌딩과 상가들을 부숴 버렸으니 재중의 존재가 드러날 일은 없었다.

"이제 이것만 남았군."

재중이 그렇게 전국을 떠들썩하게 만들고 나서 가장 마지막으로 모습을 드러낸 곳은 바로 정태만의 집이다.

―당장 부숴 버릴까요?

"아니. 우선 잠시 기다려 봐."

―왜요?

빌딩들을 부숴 버릴 때는 망설임이 없이 움직이던 재중이다.

한데 정태만의 집만은 그저 내려다보고 있는 모습에 테라가 물었다.

"아마 내일부터는 더 시끄럽겠지. 크크크크큭. 내가 부숴 버린 건물과 상가의 소유주가 오직 한 사람이라는 것을 알게 될 테니 말이야."

확실히 하룻밤 만에 모든 재산을 잃어버린 강남의 부자라 는 제목으로 기사가 난다면 엄청나게 사람들의 이목을 끌긴 할 것이다.

하지만 동시에 정태만의 빌딩과 상가에 입주해 있던 사람 들도 몰려들 것이 뻔했다.

보상을 받기 위해서 말이다.

재산을 잃어버리고 사람들의 이목이 쏠리게 되면 아마 정 태만은 스트레스가 장난이 아닐 것이다.

"크크크큭, 피를 말리는 경험을 한번 해봐야겠지."

뒤가 구린 사람일수록 사람의 이목이 쏠리는 것을 꺼린다.

소속사에서 연습생을 키워 팔아먹는 짓을 하던 정태만에 게 세상의 이목이 쏠린다는 것이 과연 좋은 일일까?

아니, 절대로 피하고 싶은 일일 것이다.

거기다 지금쯤이면 기자들이 정태만에 대해서 알아보고 있을 것이 뻔했다.

그럼 그의 가면이 벗겨지는 것도 시간문제이다.

재중은 그런 모습을 지켜보면서 즐기려는 것이다.

자신이 받은 고통과 아픔에 비하면 비교도 안 될 테지만 그냥 죽여 버린다면 오히려 정태만에게는 축복일 테니 말이다.

─그럼 어디 저도 장난 한번 쳐볼까요?

"응?"

테라가 불쑥 나서더니 손에 푸른 덩어리를 만들어냈다.

그리고 그걸 정태만의 집을 향해서 던졌다. 푸른 덩어리는
마치 살아 있는 듯 저절로 방향을 바꾸어 집 안으로 사라져
버렸다.

"……?"

재중은 테라가 방금 쓴 것이 마법이라는 것은 알았지만 무
슨 마법인지는 몰라서 테라를 쳐다봤다.

─호호호홋, 지금부터 5일 동안 오직 진실만 말하게 되는
마법이에요.

"진실?"

─네. 기자들이 물어보는 것은 무엇이든 자신의 생각과 상
관없이 진실만 대답하는 거죠. 호호호호홋!

"크크큭, 그것도 볼 만하겠네."

뜻밖에 테라가 장난처럼 한 이 진실만 말하게 되는 마법 덕
분에 상황이 조금 이상하게 흘러가게 될 것이라고는 지금 이
순간 테라도 재중도 전혀 예상치 못했다.

Chapter 02
징벌

재중귀환록

"정태만이 구속돼?"

─네, 마스터.

정태만의 빌딩과 상가를 부숴 버리고 느긋하게 뒤에서 지켜보던 재중은 테라에게 뜻밖의 소식을 듣게 되었다.

정태만이 구속되었다는 것이다.

그것도 횡령을 비롯해 기획사의 연습생을 중국에 팔아먹은 것까지 모두 드러난 채로 말이다.

"너무 빠른데?"

불과 3일밖에 지나지 않았는데 정태만이 구속되었다는 말에 재중이 의아함을 드러내자 테라도 어깨를 으쓱거렸다.

사실 그 누구도 예상하지 못한 상황이었다.

—아무래도 강남에서 원인 모르게 건물들이 다 부서지고 해서 분위기가 많이 안 좋은가 봐요. 그런데 때마침 정태만의 존재가 드러나면서 진실만 말하게 되니 사람들의 신경을 돌리려는 것 같아요.

"……."

강남이라는 곳이 대한민국에서 어떤 곳인지 아는 사람은 다 알 것이다.

돈 많은 부자부터 힘 좀 쓰는 사람들이 모여 사는 동네, 그곳이 바로 강남이다.

그런데 그곳에서 건물이 통째로 사라지고 부서지는 일이 벌어졌다.

당연히 사람들이 불안해할 것이다.

특히나 강남에 건물을 가지고 있는 사람들은 더더욱 그 불안이 심했을 것이다.

그리고 그런 사람들 중에 경찰이나 검찰에 입김이 닿는 사람도 분명히 있었을 것이다.

대충 테라의 말을 듣고 생각해 본 재중은 고개를 끄덕였다.

모든 것을 정태만이 죄를 지어서 천벌을 받았다는 식으로 여론을 몰아가고 있는 것이 뻔히 보였다.

―뭐, 틀린 말은 아니지만.

천벌도 좋고 다 좋다.

하지만 테라가 찜찜한 표정을 숨기지 못하는 것은 재중의 계획이 틀어져 버린 것 때문이다.

이미 죄가 대부분 드러나서 구속까지 된 마당에 교도소로 직행하는 것은 당연하다.

그러나 재중은 정태만이 교도소에서 먹을 밥도 아까웠다.

사람을 죽이고, 버리고, 팔아먹은 놈에게 세금으로 밥을 먹인다?

이건 뭔가 이상하지 않는가?

누가 봐도 정태만은 당장 쳐 죽여도 이상하지 않을 녀석이다.

하지만 법이라는 것이 죄를 물으면서도 이상하게 정태만이라는 인간을 오히려 보호해 주고 있는 상황이다.

그리고 정태만이 지금은 분명 교도소에 들어가겠지만 지금의 소동이 잠잠해지면 틀림없이 인맥을 동원해서 조용히 다시 세상 밖으로 나올 것이다.

법이란 있는 자들에게는 방패가 되고 없는 자들에게는 칼이 되어 찌르는 것.

그것이 현재 대한민국 법의 맹점이니 말이다.

유전무죄 무전유죄(有錢無罪 無錢有罪)라는 말이 그냥 나온 말이 아니다.

예전 지강헌 사건으로 인해 생긴 유행어 같은 말이다.

하지만 현실을 너무나 간단하게 몇 마디 말로 모두 표현해 지금도 많은 사람이 공감하고 있다.

"죽여야지."

재중은 애당초 정태만이 괴로움에 몸부림치는 모습을 보고 싶었을 뿐이다.

법의 심판? 웃기는 소리다.

고통을 당하고 피해를 입은 것은 재중이다.

그런데 그 죄와 전혀 상관없는 사람이 죄를 묻는다는 게 과연 말이 되는가?

만약 법이라는 것이 본래의 의미처럼 공명정대하다면 애초에 재중이 버려지는 일은 생기지도 않았을 것이다.

결국 법을 만든 것은 인간이다.

죄를 짓는 것도 인간이다.

그럼 죄를 지은 자를 처벌하는 것은 피해를 받은 사람이어야 한다.

당하는 고통을, 아픔을 전혀 모르는 사람이 죄를 묻는다는 것 자체가 이미 법이 무언가 잘못되었다는 것을 말해주는 것이나 마찬가지이니 말이다.

재중에게 정태만은 세상에 더 이상 살아 숨 쉬는 공기조차 아까운 존재였다.

다만 고통에 몸부림치는 모습을 보기 위해서 지금 잠시 기다리고 있을 뿐이다.

아무리 법이라고 해도 결국 커다란 권력 앞에서는 무력한 게 법이었다.

그리고 재중은 그런 모든 것을 가볍게 무시할 수 있는 힘이 있었다.

─제가 빼 올까요?

"정태만의 가족도 모두 데려와."

─가족까지요?

"응."

테라는 정태만의 아내와 딸까지 데려오라는 재중의 말에 잠시 고개를 갸웃거렸다.

그러다 곧 테라의 눈동자가 차분하게 가라앉았다.

재중이 지금 무슨 생각을 하고 있는지는 대충 알 것 같았기 때문이다.

─네, 지금 다녀올게요.

테라는 곧바로 재중의 눈앞에서 사라지더니 불과 몇 분 후에 다시 모습을 드러냈다.

기절한 것인지 축 늘어진 정태만과 그의 아내, 그리고 딸을 허공에 띄운 채로 말이다.

"가자."

카페에서 정태만을 처리할 수는 없기에 재중이 자리에서 일어나 어둠 속으로 사라졌다.

테라도 곧 재중의 뒤를 따라 어둠 속으로 사라졌다.

물론 기절한 채 허공에 떠 있는 정태만 일가도 같이 말이다.

＊　　＊　　＊

다시 재중이 모습을 드러낸 곳은 어둠이 내려앉은 카페와 반대로 태양이 내리쬐는 곳이었다.

"여기가 무인도 맞지?"

—네, 마스터. 현재 지구상의 그 어떤 지도에도 없는 무인도예요.

이미 재중은 정태만을 처리할 곳을 미리 찾아놓은 상태였다.

법이라는 것이 미치지 않는 곳, 도움은커녕 이대로 재중이 버리고 가버려도 살아남기 힘든 곳으로 골라놓았다.

이곳은 무인도이면서도 그 어떤 해로도 이어져 있지 않아서 배 한 척 지나가지 않는 곳이다.

툭툭.

재중이 테라가 내려놓은 정태만의 머리를 발로 몇 번 건드렸다.

"으음, 으음……."

테라가 마법으로 재운 듯 정태만은 가벼운 자극에도 바로 눈을 뜨며 일어났다.

그는 너무나 밝은 햇빛 탓에 눈살을 찌푸렸다.

"어디지?"

분명히 자신은 경찰에게 조사를 받고 있는 중이었다.

그리고 잠시 조사하던 경찰이 밖으로 나간 사이 피곤이 몰려와 그저 눈을 감았을 뿐인데 다시 눈을 떠보니 손에 모래가 잡히고 코에는 바다 향이 느껴진다.

정태만은 자신이 아직도 잠이 들어 있는 건지 구분이 되지 않아 잠시 멍하니 있었다.

그렇게 멍한 눈으로 바닷가를 쳐다보고 있는 정태만의 귀에 사람의 목소리가 들려왔다.

"정태만, 오랜만이야."

"응? 누구……?"

반사적으로 목소리가 들린 쪽으로 고개를 돌린 정태만이다.

처음 보는 잘생긴 청년이 자신을 물끄러미 내려다보고 있는 모습에 정태만은 질문을 던졌다.

하지만 청년은 그저 입가에 미소를 짓고 있을 뿐이다.

그런데 그런 청년의 미소를 본 정태만은 이상하게 가슴 한 구석이 서늘해지는 것을 느꼈다.

"누구요?"

정태만이 청년의 얼굴이 낯설기에 물어보자,

"이런, 잊어버렸나? 너무 섭섭한데."

"허어, 보니 아직 갓 성인이 된 어린 사람 같은데 반말은 너무한 거 아니요?"

정태만은 이제 50대를 넘어선 나이인데 눈앞의 재중은 이제 갓 스무 살가량으로밖에 보이지 않았다. 그렇기에 눈살을 찌푸리면서 한마디 했다.

"크크크큭, 반말? 욕을 안 한 것을 감사해야 하지 않나, 정태만?"

"이 사람이 보자 보자 하니……. 도대체 당신 누군데 초면에 반말로 이렇게 무례하게 구는 거요!"

나름 점잖은 말투로 말하는 정태만의 모습에 재중은 한 번씩익 웃어주었다.

그리고 천천히 다가가 정태만의 바로 코앞으로 얼굴을 들이밀었다.

"헛! 이게 무슨……!"

정태만도 젊은 남자의 얼굴이 갑작스럽게 눈앞으로 크게

34 재중 귀환록

다가오자 당황했는지 한순간 멈칫거렸다. 하지만 그래도 당황한 표정을 숨기려고 노력한 듯 표정이 크게 변하지는 않았다.

"나 선우재중인데, 기억 안 나?"

"응? 선우… 재중?"

너무나 가까이 얼굴을 맞대고 있기에 재중은 속삭이는 듯 작게 말했다.

재중의 말에 정태만은 선우재중이라는 이름을 머릿속에서 기억해 내려고 했지만 도무지 생각나는 것이 없다.

"그게… 누구요?"

"역시나 완전히 기억 속에서 지워 버렸군. 그래, 정태만. 아니, 외삼촌이라고 불러 드려야 할까?"

"……!"

외삼촌이라는 말에 잠시 생각하는 듯 정태만의 눈동자가 흔들리더니 곧 떠오른 듯 눈동자가 굳어버렸다.

"서, 설마… 넌……?"

놀람과 동시에 재중을 보는 눈동자가 심하게 떨리기 시작한다.

그런 정태만의 모습에 재중은 다시 입가에 미소를 지으면서 말했다.

"나 선우재중이야. 이제 기억나?"

"어떻게… 살아 있는… 거지?"

마치 귀신을 본 듯한 표정이다.

물론 자신이 버린 조카가 다시 나타났으니 놀라는 것은 이해가 되는 재중이다.

하지만 어떻게 살아 있느냐는 질문은 뭔가 좀 이상했다.

"왜, 내가 살아 있어서 불만인가?"

"아, 그게 아니라… 험험!"

재중이 의심스런 눈빛으로 물어보자 급히 말을 돌린다.

정태만의 모습은 확실히 뭔가 이상해 보였다.

덥석!

그런데 재중이 갑자기 정태만의 목을 한 손으로 움켜잡더니 번쩍 드는 게 아닌가?

"말해."

"컥컥! 뭘… 뭘 말이냐?"

정태만은 갑작스런 재중의 행동에 놀라면서도 목을 조여오는 압박감에 발버둥을 쳤다.

한데 어떻게 된 건지 도무지 재중의 손아귀에서 벗어나지를 못하는 것이다.

정태만은 지금 상황을 믿을 수가 없었다.

겨우 한 손이다.

자신의 덩치와 몸무게를 생각하면 도저히 불가능한 모습

이다.

그만큼 재중의 몸은 가냘프기까지 하다.

그런 재중의 손아귀를 자신이 벗어날 수 없다는 것이 도무지 이해가 가지 않았다.

"말해. 왜 내가 살아 있는 게 이상하지?"

꽈악~

정태만이 쉽게 말할 것 같지 않자 목을 쥐고 있던 손에 힘을 주었다.

"쿨럭쿨럭!! 컥컥컥!!"

마치 커다란 동아줄로 목을 매단 것처럼 숨 쉬기조차 힘들어지자, 결국 정태만이 사실을 실토했다

"내가… 사람을 시켜서… 그래서… 널… 컥컥… 죽였다는 말을 들었단… 컥컥컥! 쿨럭!"

"크크크큭, 크크큭, 크크큭, 역시 넌 내 기대를 저버리지 않아서 너무나 좋아, 정태만."

설마 하니 고아원에 버린 자신을 죽이려고 사람을 썼을 줄이야.

재중은 꿈에도 생각지 못했기에 나름 충격을 받았다.

만약 연아가 알래스카로 입양되지 않았고, 자신이 그 고아원에 그대로 있었다면 아마 정태만이 보낸 녀석들 손에 죽었을 것이다.

아이러니하게도 연아를 팔아먹은 최태식이 자신과 연아의 목숨을 살려준 꼴이 되어버렸다.

일반적으로 이런 일을 사실을 알게 되면 보통은 충격을 받을 것이다.

하지만 이미 고아원을 뛰쳐나와 길거리 생활을 할 때 수도 없이 배신과 탐욕의 손길을 겪은 재중이었다.

이 정도는 그냥 그렇구나 하는 수준이다.

다만 자신이 증오해 온 인간이 얼마나 쓰레기였는지 다시 한 번 느끼게 되는 계기가 되긴 했다.

휙~!

털썩!!

재중은 정태만을 들고 있는 것 자체가 짜증 난다는 듯한 표정을 짓더니 그냥 가볍게 던져 버렸다.

그제야 숨통이 트인 정태만은 잠시 동안 목을 쥐고 캑캑거리다가 겨우 정신을 차리고 고개를 들었다.

"오해다! 정말 오해다, 재중아!"

숨통이 트이고 정신이 돌아오자 정태만은 자신이 무슨 말을 했는지 깨달은 듯했다.

정태만이 다급히 양손을 흔들면서 재중을 향해 소리쳤지만,

씨익~

재중은 그저 웃으면서 정태만을 쳐다보고 있을 뿐이다.

"테라."

—네, 마스터.

"헉!! 사람이… 어떻게……?"

재중의 부름에 테라가 그림자에서 튀어나왔다.

테라를 본 정태만은 마치 귀신을 본 듯한 표정이다.

"저 녀석, 잠시 묶어놔."

—네~ 홀드!

재중의 명령이 떨어지자마자 테라의 손가락이 정태만을 향했다.

마법이 발동되자,

멈칫!

정태만의 몸이 잠시 움찔거리더니 곧 딱딱하게 굳어버렸다.

"뭐, 뭐야? 이건… 도대체 뭐냐고!!"

목 밑으로 갑자기 마비가 온 듯 손가락 하나 까딱할 수 없게 된 정태만이 소리쳤다.

재중은 그런 정태만을 물끄러미 쳐다보더니,

"주둥이도."

간단하게 한마디만 했다.

곧 테라의 마법으로 인해 정태만은 눈동자만 겨우 굴리는 모습이 되어버렸다.

그리고 재중은 기다렸다는 듯 아직 기절해 있는 정태만의 아내와 딸에게 다가갔다. 하지만 그들을 깨우려던 재중이 멈추더니 테라를 불렀다.

"테라."

─네, 마스터.

"돌려보내."

─그냥요?

재중이 그들을 데려오라고 했기에 테라는 뭔가 응징을 가한 후 보낼 줄 알았다. 한데 그냥 보내라는 말에 테라가 되물었다.

"지금은 정태만과 나와의 원한일 뿐이야. 그러니 우선은 돌려보내."

본래 재중은 두 모녀에게도 대가를 물을 생각이었다.

그녀들은 정태만이 사람을 팔아 번 돈으로 지금까지 잘 먹고 잘살았으니 진실을 알 필요가 있었다.

하지만 문득 정태만과 재중 사이에 있었던 과거의 일에 억지로 정태만의 아내와 딸을 끼워 넣은 것 같은 생각이 들어 그냥 돌려보내기로 한 것이다.

물론 용서하는 것은 아니다.

어차피 재중에게 정태만의 아내와 딸은 남과 다를 바 없으니 말이다.

친척?

저런 인간과 친척이었다는 것 자체가 이가 갈리는 재중에게 정태만의 아내와 딸은 오히려 남보다 못한 존재나 마찬가지였다.

데려왔을 때와 마찬가지로 테라가 정태만의 아내와 딸을 데리고 사라졌다.

이제 이곳 무인도에는 재중과 정태만 단둘만 있게 되었다.

"답답하지?"

온몸은 마비가 오고 목소리조차 낼 수 없는 상황이다.

거기다 재중과 마주하고 있으니 정태만이 답답한 것이야 당연했다.

하지만 재중은 답답하냐고 물어보면서도 전혀 개의치 않는 표정이다.

"사실 여러 가지로 생각해 봤어. 그냥 이곳에서 태양빛에 말라 죽을 때까지 놔둘까도 생각해 봤고."

"……!!"

정태만의 눈이 찢어질 만큼 커졌다.

정태만은 어떻게든지 재중에게 제발 살려달라고 소리치고 싶은 심정이다.

"아니면 그냥 죽여서 상어 밥으로 던져 줄까도 생각해 봤어."

태연하게, 마치 친구에게 오늘 저녁 무얼 먹을까 하고 물어보는 듯한 재중이었다.

하지만 그 모습이 오히려 정태만에게 공포 그 이상으로 와닿았다.

태연하게 사람을 죽이는 방법을 말하면서도 너무나 평온했다.

그런 모습에서 정태만은 재중이 살인 경험이 많다는 것을 직감적으로 느낄 수가 있었다.

"그런데 뭐 듣고 싶은 게 있어서 말이야."

그리곤 천천히 재중의 손이 움직이더니 정태만의 턱을 한번 건드렸다.

"헉!!"

갑자기 정태만의 턱이 움직이면서 숨통이 열리며 목소리가 나오기 시작했다.

"재중아, 제발 살려다오! 내가 잘못했다! 제발!"

역시나 입이 열리면서 목소리가 트이자마자 정태만의 입에서 나온 말은 살려달라는 말이다.

그런데 그런 정태만의 말에 재중이 입가에 살며시 미소를 짓더니 정태만이 예상치 못했던 질문을 했다

"몇 명이나 팔았어?"

"뭘… 뭘 팔아? 무슨 말이니, 재중아? 내가 팔다니?"

재중의 믿을 수 없는 능력을 이미 본 정태만은 말을 더듬기 시작했다.

"중국 삼합회에 연습생을 몇 명이나 팔았냐고."

"그걸… 네가 어떻게……."

재중 앞에서 거짓말을 하며 버틴다는 것 자체가 이미 무의미하다는 것을 알고 있는 정태만이다.

그는 본능적으로 한 번은 피하려고 했다. 하지만 정확하게 삼합회에 연습생을 몇 명이나 팔았느냐는 질문에는 눈동자를 심하게 떨면서 오히려 되물었다.

"내가 봤으니까."

"…헉! 언제… 어떻게… 그걸……."

"그딴 것은 알 필요 없으니까 말해. 몇 명이나 팔았어?"

정태만은 재중이 자신이 연습생을 삼합회에 팔아오고 있다는 것까지 알고 있다는 것에 심장이 멎는 줄 알았다.

이건 오직 정태만과 중국의 삼합회 쪽 대리인인 칭대인만 알고 있는 일이기 때문이다.

정태만은 보안을 위해서 칭대인과 서로 연락도 하지 않았다.

그저 거래를 위해 만났을 때 칭대인과 정태만 둘만 아는 수신호로 날짜를 주고받을 뿐이다.

그런데 그런 사실을 재중이 알고 있다니 심장이 덜컥 주저

앉는 것은 당연했다.

거기다 몇 명이나 팔았느냐고 묻는 것은 이미 대부분 알고 있다는 말이다.

"……."

정태만의 눈동자가 심하게 흔들리기 시작하자 재중은 그런 그의 눈동자를 보고는 단정 짓듯 말했다

"역시 잔머리 굴리기 시작했구만."

본래 이런 녀석들은 틈만 있으면 잔머리를 굴려서 어떻게든 빠져나갈 궁리를 한다는 것을 너무나 잘 알고 있는 재중이다.

특히나 짐승만도 못한 정태만이라면 당연히 이런 반응이 있어야 정상이다.

우드득!!

"끄아아아아아아악!!"

별거 아니다.

재중이 정태만의 굳어 있는 왼손을 잡고는 마치 종이를 구기듯 손아귀의 힘으로 으스러뜨렸을 뿐이다.

모든 신경은 살아 있고 움직임만 마비된 정태만이었다.

그는 눈앞에서 자신의 왼손 뼈가 부서지고 부서진 손뼈가 살을 뚫고 나오는 것을 그저 보고 있어야만 했다.

"몇 명이야?"

왼손을 완전히 피떡을 만들어놓은 재중이 아무렇지도 않게 다시 물었다.

"…백… 백… 백… 서른… 일곱… 명… 크윽……."

"이런, 이런. 많이도 팔아먹었네. 그럼 137명의 고아를 팔아서 번 돈으로 강남에 빌딩이랑 상가를 샀다는 말이네? 그렇지?"

"크윽! 그, 그래."

이제는 고깃덩어리라 불러야 할 왼손의 고통에 기절하고 싶지만 기절조차 마음대로 하지 못하는 정태만이다.

그는 재중이 하는 말에 꼬박꼬박 대답했다.

어쩌다 왼손이 먼저 걸렸을 뿐 다음은 또 어디를 저 무시무시한 손으로 으스러뜨릴지 모르니 말이다.

"그 돈으로 딸 키우며 잘살고 있고 말이야. 크크크크큭, 집에 도우미까지 두고 말이야."

"…제발… 가족만은… 가족에게만은… 손대지 말아다오. 제발……."

정태만은 직감적으로 재중의 분노가 자신뿐만이 아니라 가족에게까지 뻗칠 수 있다고 느끼고는 사정하기 시작했다.

그러자 재중의 표정에서 미소가 사라졌다.

"사람 팔아 번 돈으로 잘 먹고 잘살았으면 당연히 죄를 지은 거나 마찬가지지. 알든 모르든 말이야. 안 그래?"

"아니야. 가족은 몰라. 그저 내가 부동산 하는 줄 알고 있
단 말이다. 그러니 제발… 가족은 건드리지 말아다오. 너와
친척이지…….."

짝!!

정태만의 입에서 친척이라는 말이 나오자마자 돌연 재중
의 손이 정태만의 뺨을 강하게 후려쳤다.

주르륵.

얼마나 세게 쳤는지 겨우 한 번 쳤을 뿐인데 정태만의 코에
서 쌍코피가 흘러내린다.

물론 맞은 정태만은 그런 것에 신경 쓸 정신이 없지만 말이
다.

"그따위 말… 다시 한 번 더 지껄여 봐. 친척? 크크크큭,
지금 네놈이 친척이라는 말을 할 자격이 있어?"

"…그게…….."

뒤늦게 정태만도 자신이 실수했다는 것을 깨달았지만 이
미 늦어버렸다.

오히려 잠자는 사자의 코털을 건드린 것이나 마찬가지다.

"유산이 탐나서 조카를 고아원에 버리고, 거기다 후환이
두려워서 사람을 시켜 조카를 죽이라고 한 네놈 따위가 친척
이라는 말을 입에 담아? 크크크큭, 정말 웃기는 세상이야. 그
렇지?"

"그게… 그러니까… 제발… 살려다오."

"네놈이 팔아먹은 연습생들도 그렇게 말했겠지. 네놈한테 말이야. 살려달라고. 안 그래?"

"아니… 아니야. 그렇지 않아."

정태만은 횡설수설하며 무조건 살려달라고 재중에게 애원했다.

하지만 재중은 그럴 생각이 눈곱만큼도 없었다.

살려줘?

저딴 짐승보다 못한 인간을?

짐승도 배가 고파야만 사냥을 한다.

그리고 딸 같은 여자 애들을 키워서 팔아먹는 짓도 하지 않는다.

아니, 일반적으로 그런 짓을 하는 놈들 자체가 절대 악이다.

"내가 널 살려줄 거라고 생각해?"

"……."

정태만은 거의 반쯤 정신이 나간 상태에서 살려달라고 반복했다.

하지만 방금 재중이 물어본 말에는 자신도 모르게 입을 다물어 버렸다.

"난 널 살려줄 생각이 없어. 그런데 왜 이런 곳으로 데리고 왔는지 알아? 그저 혹시나 모를 것들이 성가시게 굴면 내가 귀찮아서야."

오싹!

나직하지만 귀로 파고드는 재중의 말.

그 말을 듣는 순간 정태만은 온몸에 피가 얼어붙으며 머리카락이 곤두서는 느낌이 들었다.

자신이 죽는 것은 마치 정해진 순서인 것처럼 느껴졌으니 말이다.

인간이 가장 공포를 느낄 때는 바로 자신이 죽는다는 사실을 알게 되는 순간이다.

'당신은 1년 뒤에 죽습니다' 라는 말을 듣는다면 어떨까?

아마 그 말을 듣는 순간부터 죽을 때까지 죽음이라는 공포에 시달리게 될 것이다.

자신이 죽는다는 사실을 안다는 것이 얼마나 엄청난 고통인지는 겪어본 사람만 알 것이다.

그건 사형수나 마찬가지다.

지금 정태만이 느끼는 공포가 바로 사형수가 느끼는 공포와 똑같았다.

아니, 오히려 사형수보다 더한 공포가 지금 정태만을 짓누르고 있을 것이다.

바로 눈앞에 자신을 죽일 사람이 있으니 말이다.

"날… 꼭 죽여야… 하니?"

떨리는 목소리로 재중에게 물어보는 정태만에게 재중은 웃으면서 대답했다.

"그럼 137명의 고아를 중국에 성노예로 팔아먹고 살길 바랐어? 크크큭, 아주 지랄을 하는구만. 크크크큭."

"그건… 내가 살기 위해서… 어쩔 수……."

짝!!

다시 한 번 정태만의 고개가 재중의 손에 의해 강하게 돌아갔다.

"강남에 빌딩을 사기 위해서라고 해야지. 안 그래?"

"그, 그래, 맞아. 재중아, 네 말이 맞아."

"그런데 말이야, 정태만. 지금 네가 세상에서 사라져 버리면 어떻게 될까? 응?"

아무리 악마 같은 정태만이라도 자기 자식과 아내는 소중한 법인지 갑자기 눈물을 흘리면서 애원하기 시작했다.

"제발… 가족은 건드리지 말아다오. 모두 내 잘못이니까 제발… 가족만은… 제발……."

이미 자기가 죽는 것은 기정사실이니 가족만은 살려달라고 애원하는 정태만이었다.

하지만 재중의 눈동자는 차분하기만 하다.

"모른다고 그게 죄가 아닌가? 크크큭, 몰라도 죄는 죄야.

하지만 내가 직접 네놈의 가족을 건드리는 일은 없어. 어차피 그 사람들과 난 남남이니까 말이야."

따지고 보면 재중과 정태만 둘의 원한 관계일 뿐이지 그의 딸과 아내는 사실상 관계가 없다.

물론 재중에 한해서만 말이다.

하지만 정태만이 팔아먹은 여자들은 사정이 다를 수밖에 없다.

그녀들의 목숨 값으로 딸이 자랐으니 말이다.

그리고 재중은 그들에게 직접 손을 대지는 않지만 그렇다고 무시하지도 않을 것이다.

"고맙구나! 정말 고맙구나!"

재중이 가족을 직접 건드리지 않겠다고 하는 것만으로도 정태만은 기쁨의 눈물을 흘리면서 재중에게 감사해했다.

하지만 그런 감사도 잠시,

"하지만 현실은 알아야 하지 않겠어? 네놈의 딸 정예지는 여자를 팔아 번 돈으로 자랐다는 사실을 말이야. 그리고 네놈의 아내, 윤지율이던가? 그 여자는 자신이 결혼해서 쓴 돈 모두가 조카를 버리고 얻은 유산과 함께 여자를 팔아 번 돈으로 지냈다는 것을 알아야지."

멈칫!

재중이 속삭이듯 한 말에 정태만은 흐르던 눈물이 멈추더니 얼굴이 하얗게 변해 버렸다.

"설마… 그걸……."

만약 지금까지 자신이 한 짓을 아내와 딸이 알게 된다고 생각하는 순간 정태만의 머릿속에서 떠오르는 것은 단 하나였다.

끝!

끝이라는 단어가 선명하게 뇌리에 각인된다.

"제발… 안 돼! 그건… 제발……!"

정태만은 딸과 아내가 그 사실을 알게 된다는 것은 상상조차 해본 적이 없다.

재중의 말을 듣는 순간 정태만은 가슴 한곳이 무너지는 느낌을 받았다.

사아아악.

그리고 순간 놀랍게도 정태만의 머리카락이 검은색에서 하얀색으로 변하기 시작했다.

마치 검은 물감이 빠지고 흰색의 물감으로 물들 듯이 말이다.

재중은 그저 원한의 시선으로만 정태만을 봤기에 몰랐지만, 정태만에게 아내와 딸은 세상에서 그 무엇과도 바꿀 수 없는 소중한 존재였다.

자신의 목숨과도 바꿀 수 있을 만큼 소중한 것, 그것이 바로 그에게는 가족이었다.

조카를 버리고 유산을 가로챈 녀석의 심보를 보면 도무지 상상이 가지 않는 일이다.

하지만 그동안 그가 한 짓을 가족에게 알린다는 것은 자신의 죽음보다 더한 고통과 충격이었다.

만약 딸과 아내가 여자를 팔아서 번 돈으로 자신들이 잘살았다는 것을 알게 된다면 정태만은 죽어서도 원망을 들을 것이 뻔했다.

그뿐인가?

딸은 아버지를 외면할 것이다.

아내도 마찬가지다.

결과적으로 재중은 정태만에게 죽음이라는 공포보다 더한 고통을 주는 것이나 마찬가지였다.

"이런, 조금은 더 버틸 거라 생각했는데……."

재중은 죽은 듯 칙칙한 눈동자로 변해 버린 정태만의 눈동자를 보고는 천천히 일어섰다.

눈은 인간의 마음과 정신을 나타내는 거울이나 마찬가지다.

그런데 그런 눈동자가 죽어버렸다는 것은 마음이, 아니, 정신이 죽었다는 것과 마찬가지이기에 일어선 것이다.

최태식이 미쳐 버린 것과 달리 정태만은 정신이 죽어버렸다.

결코 인정하고 싶지 않은 현실에 결국 스스로가 스스로를 죽여 버린 것이다.

물론 결정적인 것은 재중도 미처 깨닫지 못한 정태만의 가족에 관한 일이지만 말이다.

툭~

재중이 발로 살짝 정태만을 건드리자,

털썩.

끈 떨어진 인형처럼 모래바닥에 힘없이 쓰러져 버린다.

재중이 건드리는 순간 그동안 정태만을 묶어두던 마법이 사라져 버렸다.

하지만 더 이상 마법은 필요가 없을 것이다.

정신이 죽어버렸으니 말이다.

Chapter 03
복수의 끝

재중귀환록

"뭐지, 이 허탈함은… 도대체……."

재중은 정태만에게 복수를 하면 그동안 자신을 억누르던 무언가가 시원하게 내려갈 것으로 생각했다.

그런데 지금 복수를 했지만 어찌 된 일인지 전혀 그렇지가 않았다.

아니, 오히려 가슴 한곳이 답답하게 아려왔다.

"복수란 게 결국… 이런 것이었나. 크크크큭. 크크큭."

뭔가 자신이 생각한 것과 전혀 다른 느낌에 재중은 하늘을 향해 한 번 웃었다.

그리고 재중은 모래바닥에 널브러져 있는 정태만을 다시 쳐다보더니 말했다.

"그래도 넌 이곳에 있는 것도 죄야, 정태만."

정신이 죽고 폐인이 되었지만 역시나 정태만의 존재 자체가 재중에게는 용납되지 않는 듯했다.

—마스터.

"응."

표정은 평소와 같은 재중이지만 테라는 뭔가 느낄 수가 있었다.

재중의 몸에서 느껴지는 분위기가 많이 가라앉아 있다는 것을.

—우주로 보내 버리는 건 어떨까요?

"우주?"

우주라는 테라의 말이 쌩뚱맞다고 해야 할 만큼 이상해서 재중이 되물어봤다.

—이런 인간이 흙이 되어 자연으로 되돌아가는 것조차도 마스터는 마음에 들지 않으신 것 같아서요. 차라리 우주로 날려 보내면 그곳은 공기도 미생물도 없으니 영원히 썩지 않는 채 우주를 떠돌 거 아니에요.

"……."

듣기에는 무슨 원수 하나 처리하는 데 우주로 보낼까 하는 생각이 들 수도 있다.

하지만 재중은 테라의 말을 들어보니 그 방법이 그리 나쁘지만도 않게 느껴졌다.

지금까지 정태만이 팔아먹은 여자들은 모두 성노예로 중국에 팔려갔다.

그리고 이미 흑기병과 테라가 알아본 정보에 의하면 팔려간 여자 중 반은 매독이나 여러 가지 질병으로 인해 죽어버렸다.

거기다 그나마 살아 있는 여자들도 모두 마약 중독으로 인해 정상적인 생활이 불가능한 사람이 되었다는 것이다.

정태만의 죄를 생각하면 죽음이란 오히려 정태만에게는 축복이나 마찬가지였다.

그런데 그런 녀석이 죽어서 자연으로 돌아간다?

재중에게는 그것이 마치 정태만의 죄를 씻어주는 것 같은 느낌이다.

그런데 테라의 말대로 우주로 날려 버리면 영원히 썩지 않는다.

그리고 그 말은 정태만의 죄 또한 영원히 유지된다는 것 같은 느낌이 들었다.

잠시 생각해 보던 재중은 고개를 끄덕였다.

"날려 버릴 방법은?"

최종적으로 재중의 승낙이 떨어지자 테라는 그제야 입가에 환한 미소를 지으면서 대답했다.

—방법이야 몇 가지 있죠. 후후후훗. 하지만 확실하면서도 정태만의 몸이 우주로 날아가는 장면을 볼 수 있는 것은 당연히 리버스 그래비티겠죠?

리버스 그래비티란 반중력을 뜻하는 것으로 중력을 뒤집어서 쓰는 마법이다.

보통 무거운 것을 옮기거나 사고가 나서 사람이 깔렸을 경우 주로 사용하는 마법으로 대륙에서는 공격용 마법이라기보다 생활 마법으로 분류된다.

리버스 그래비티 마법은 건축에서 최고의 빛을 발휘한다.

성을 지을 때 마법사가 반드시 필요한 것도 모두 이 리버스 그래비티의 위력 때문이다.

물론 그냥 반중력 마법만으로 정태만을 우주로 날려 버리진 않는다.

아무리 테라라도 한 가지 마법만으로 사람을 우주로 날려 보내는 것은 부담이 되니 말이다.

마법의 특성상 마법끼리 잘 사용하면 서로 상승작용으로 위력이 작게는 두 배에서 크게는 열 배까지 커지는데 한 가지 마법만으로 괜한 힘을 쓰는 것은 바보 같은 짓이다.

"잠깐."

테라가 정태만에게 마법을 걸려고 하자 재중이 우선 막아섰다.

이어 재중은 정태만의 목을 한 손으로 움켜쥐었다.

"죽어서도 떠돌아라, 정태만."

우드득!

그리고는 마치 나무젓가락을 꺾어버리듯 간단하게 정태만의 목을 한 손으로 꺾어버렸다.

재중은 혀를 길게 빼물고 눈을 뜬 채 죽은 정태만의 모습을 잠시 바라보았다.

그리곤 이내 아무 일도 없었다는 듯 놓아버리고 발걸음을 옮겼다.

"실행해."

ㅡ네, 마스터.

최소한 마지막 숨통만큼은 직접 끊어버리고 싶었기에 굳이 손으로 목을 부러뜨린 것이다.

정태만을 죽이는 것은 그 누구도 대신 해줄 수 없는 일이었다.

ㅡ플라이!

테라의 손에서 푸른빛이 뿜어져 나와 정태만의 몸에 스며들자,

둥실~

죽은 정태만의 몸이 떠오르더니 천천히 하늘로 올라간다.

플라이 마법만의 속도로 보면 아마 며칠은 걸릴 것 같은 아주 느린 속도로 말이다.

답답해 보이지만 이건 그저 일직선으로 하늘로 치솟아 오르도록 길을 잡아주는 것에 불과했다.

─리버스 그래비티!

테라가 플라이 마법으로 떠오른 정태만의 시체 아래쪽, 조금 전까지 그가 누워 있던 모래 바닥에 마법을 사용했다.

스팟!!

그러자 마치 모래가 살아 움직이듯 꿈틀거리더니 선명한 마법진을 만드는 것이 아닌가?

그리고 모래로 만들어진 마법진이 푸른빛을 뿜어내기 시작하더니,

웅~ 웅~ 우웅~ 우웅~

무언가 울부짖는 듯하면서도 특이한 소리가 주변에 울리기 시작했다.

─중첩! 중첩! 중첩!!

소리가 들리자 테라는 미소를 지으며 방금 사용한 리버스 그래비티 마법을 계속 겹쳐서 시전했다.

마법이 중첩될 때마다 공기를 울리는 소리가 점점 더 강해진다.

쿠우우우우웅!!

주변에까지 영향을 주는지 커지는 소리와 함께 무인도가 흔들리면서 주변 공기 전체가 흔들린다.

"요란하군."

재중에게 이 정도 공기의 압력과 주변의 흔들림 정도는 무시할 수준이기에 그저 보고만 있어다.

하지만 아마 보통 사람이었다면 무인도가 가라앉는다고 난리를 쳤을지도 모를 만큼 커다란 흔들림이었다.

우우우웅!! 우우웅!! 우웅!!

중첩 마법에 중력이 압축되어 있는 듯, 플라이 마법으로 떠 있는 정태만과 모래 바닥 사이의 공간이 일그러지기 시작했다.

그리고 그 일그러짐이 최고조에 달했을 때,

—개방!

마치 방아쇠를 당기는 듯한 테라의 한마디가 들리는 순간,

꽝!!

마치 무인도 자체가 하나의 포신이 된 듯했다.

대포를 쏘아 올린 듯 엄청난 소리와 함께 무인도 주변의 파도가 뒤로 10미터 이상 밀려나며 엄청난 공기의 압력이 터져 버렸다.

그리고 엄청난 충격에 하늘로 튀어 오른 해변의 모래가 가

라앉았을 무렵, 더 이상 정태만의 시체는 무인도에 없었다.

"잘 날아가네."

재중은 그 난리통에도 반중력 마법과 공기의 압축, 그리고 플라이 마법을 함께 사용한 인간 로켓을 모두 지켜보았다.

혹시라도 빠른 속도로 날아가는 충격에 정태만의 시체가 부서지기라도 할까 봐 테라가 실드로 튼튼하게 감싼 것도 확인했다.

얼마나 빠른 속도로 치솟았는지 곧 마나를 집중한 재중의 눈에도 더 이상 정태만의 시체가 보이지 않게 되었다.

─곧 지구의 대기권을 벗어날 거예요.

테라는 이미 정태만의 시체에 추적 마법을 썼기에 지금쯤 얼마나 날아갔는지 모두 알고 있었다.

인공위성을 쏴 올리는 로켓과 달리 목적지가 있는 것이 아니었다.

그저 우주로 정태만의 시체를 날려 버릴 목적이기에 최대한 빠르게, 그리고 신속히 지구의 대기권을 벗어나도록 한 것 뿐.

그래서 그런지 정태만은 생각보다 빠르게 지구에서 사라져 버렸다.

말 그대로 지구를 떠나 버렸다.

비록 죽은 시체지만, 영원히 말이다.

"가자."

─네, 마스터.

재중과 테라는 그렇게 아무 일 없었다는 듯 무인도의 작은
동굴이 가득 머금고 있는 어둠 속으로 사라져 버렸다.

Chapter 04
미국으로

재중귀환록

"오빠, 무슨 일 있어?"

여느 때와 같이 카페 오픈 준비를 하던 연아가 조용히 창밖을 보면서 커피를 기울이고 있는 재중의 곁으로 다가오더니 걱정스런 표정으로 묻는다.

"아니. 별일 없어."

"정말?"

아무리 떨어져 지낸 시간이 길다고 하지만 피를 나눈 남매라서 그런지 연아는 재중의 미묘한 심적 변화를 읽은 듯했다.

정태만을 처리하고 벌써 일주일이 지났다.

하지만 복수를 하면 모든 것이 다 풀릴 것 같던 기대와 달리 찝찝한 기분이 쉽게 사라지지 않았다.

재중은 벌써 며칠째 조용히 책을 보거나 창밖을 보는 일이 대부분이었다.

물론 평소에도 그랬기에 다른 사람들은 재중의 기분을 잘 몰랐다.

하지만 연아는 묘하게 재중에게서 느껴지는 것이 있었던 것이다.

"사실대로 말해봐. 내가 다 들어줄게. 난 오빠 동생이잖아. 안 그래? 가족끼리 못할 말이 뭐가 있다고 그래."

아무것도 아니라는 듯 고개를 돌려 버리는 재중의 모습에서 연아는 무언가 있다고 확신한 듯했다.

연아가 재중 앞에 자리를 잡고 앉았다.

"별거 아니야."

차마 복수를 위해 정태만을 죽였는데 기분이 그리 상쾌하지 않다고는 말할 수가 없었다.

재중이 몇 번이고 아니라고 말했지만 연아는 오히려 그럴수록 재중을 바라보는 눈빛에 서운한 감정이 더해간다.

"정말 나에게도 말 못할 일이야? 응?"

오랫동안 떨어져 있다 만난 사이라 그런지도 모르지만 연아는 재중이 자신에게 무언가 비밀을 가진다는 것에 몹시 서

운해했다.

특히나 전에 천서영을 만난 뒤로 그런 모습이 두드러지고 있는 것을 재중도 잘 느낄 수 있을 정도였다.

하지만 차마 정태만을 죽였다는 말은 할 수 없었기에 재중은 말을 돌리려고 했지만 그게 생각보다 쉽지가 않았다.

"정말 이러기야? 혹시 여자 문제야? 그 천서영 씨랑… 뭐 잘 안 돼?"

"응? 서영 씨와는 아무 사이도 아니니까 넘겨짚지 마."

천서영이 자신의 짝이 되었으면 하는 연아의 마음을 알고 있기에 이런 말이 나올 때마다 단호하게 잘라서 말했다.

하지만 틈만 나면 연아는 천서영과 재중을 연결해서 물어보곤 했다.

"그럼 뭔데 며칠째 뚱한 모습으로 있는 거야? 테라 씨도 평소와 다른 분위기고 말이야."

"……"

재중은 역시 여자의 직감이 무서운 건지, 아니면 자신의 동생이기에 저렇게 날카롭고 민감한 건지 모르겠다고 생각했다.

어쨌거나 역시나 다른 사람은 몰라도 연아만큼은 쉽게 속이기가 힘들었다.

"자, 말해봐. 연애 상담은 해줄 수 있어. 이래 봬도 나 연애

경력이 좀 되거든. 응?"

여자 문제로 지금 고민하고 있다고 확신하는 듯한 연아의
모습에 재중은 자신도 모르게 피식 웃었다.

"왜 웃어? 못 믿어? 나 이래 봬도 지금까지 만난 남자가 무
려 세 명이야, 세 명. 오빠처럼 모태솔로는 아니니까 한번 믿
어보라니까."

테라에게서 재중이 모태솔로라는 말을 듣고는 기회만 보
고 있었나 보다.

작정하고 들이대는 연아의 모습이 귀엽게만 보이는 재중
이다.

"그런 거 아니야. 그냥 조만간에 미국 갈 일이 있어서."

"미국? 애인이 유학 갔어?"

끝까지 여자와 연결시키려는 연아의 모습이다.

"자꾸 그러면 나 일어선다?"

재중이 장난이 섞이긴 했지만 더 이상 여자랑 엮지 말라고
말하자,

"쳇, 연애 좀 하면 누가 잡아먹나?"

결국 재중에게 졌다는 듯 투덜거리고는 입을 다물어 버리
는 연아이다.

다만 주변에 여자가 깔렸는데도 하나를 낚아채지 못하는
재중을 질책하는 듯한 눈빛은 오히려 강해졌지만 말이다.

"연아야."

"응?"

"너 지금 이 카페 맘에 들어?"

"여기? 나야 마음에 들지. 여기서 일 배우고 나서 나도 똑같은 카페 하나 차리려고 생각 중이니까."

카페를 슬쩍 둘러보는 연아는 아주 마음에 드는 듯한 표정이다.

그러자 재중의 입가에 미소가 번지더니 의외의 말이 나왔다

"네가 맡아서 운영해 볼래?"

"응?"

갑작스런 재중의 말에 연아의 눈이 동그래진다.

"나 곧 수능 보고 나면 대학에 다녀야 하고, 아무래도 카페에 신경을 쓰지 못할 것 같아서 말이야. 너도 어느 정도 일을 배운 것 같고 하니 차라리 이 카페를 네가 운영해 보면 어떻겠냐는 말이야."

재중의 폭탄 발언에 연아는 바로 이해가 안 된 듯 멍하니 재중을 쳐다만 보면서 잠시 생각하더니 벌떡 일어선다.

"오빠, 지, 지금 그 말은 나한테 카페를 넘긴다는 말이야?"

장사 잘되고 있는 카페를 자기에게 넘긴다는 말로 들은 연아가 놀라서 재중에게 되물어봤다.

"뭐, 원하면 명의 이전도 해줄 수 있어."

"허걱!"

명의 이전까지 해준다는 말에 연아는 다시 털썩 의자에 주저앉았다.

"그건 절대로 안 돼."

재중은 연아가 카페를 좋아하기에 승낙할 줄 알았다. 한데 마치 전쟁터에 나가는 군인처럼 굳은 표정으로 절대로 안 된다고 말하니 조금 의아했다.

"왜?"

"오빠, 제정신이야? 지금 오빠 나이가 서른세 살이야. 물론 겉모습은 이제 20대 초반의 파릇파릇한 총각으로 보이지만 오빠는 서류상으로는 노~ 총각이라고. 그런데 변변한 직장도 없이 유일한 재산인 카페를 나한테 넘기면 장가는 어떻게 가려고?"

"후후훗."

"웃을 일이 아니야! 오빠는 지금 웃음이 나와? 이게 얼마나 중요한 일인데 그래?"

마치 엄마처럼 잔소리를 하면서 다그치는데 그 모습이 순간적으로 오래전에 죽은 엄마와 겹쳐 보여 자신도 모르게 웃어버린 재중이다.

"너 지금 엄마랑 똑같구나."

"응? 엄마… 라니?"

"돌아가신 엄마 말이야. 너처럼 그렇게 아빠를 몰아세우시곤 했거든."

"…그, 그랬어? 뭐… 그거야 나도 자식이니까 그렇지."

갑자기 오래전에 죽은 엄마 이야기를 꺼내자 연아는 머쓱했는지 다시 슬쩍 자리에 앉았다.

사실 연아는 부모님의 얼굴도 제대로 기억하지 못한다.

워낙에 어릴 때 헤어진 것도 있지만, 양부모님과 살다 보니 자연스럽게 잊혔다고 해야 할 것이다.

하지만 연아와 달리 재중은 부모님에 대한 기억을 고스란히 가지고 있었다.

그렇기에 방금 연아의 모습에서 죽은 부모님의 모습이 오버랩되어 보였다.

"네가 걱정하지 않아도 될 만큼 나 돈 모아놓은 거 있으니까 괜찮아. 그리고 너도 알지? 나 천산그룹과 계약한 것 말이야. 당장은 돈이 들어오지 않지만 웬만한 월급쟁이보다 많이 벌 테니까 걱정하지 마."

재중은 이미 연아가 이 카페를 너무나 마음에 들어 한다는 것을 잘 알고 있었다.

그래서 연아에게 주려는 것이다.

사실 이 카페를 차린 것도 연아를 찾을 동안 머물 곳이 필요해서이지 돈을 벌거나 무언가 해보겠다는 생각은 전혀 없었다.

"그래도 안 돼. 이 카페는 오빠 거야. 이걸 내가 받는다는 건 말도 안 되는 일이야."

연아는 그래도 안 된다고 고집을 피웠다.

재중은 그런 연아의 모습을 보면서 쉽게 주기엔 힘들다고 생각했다.

자신처럼 연아도 한번 고집을 부리기 시작하면 웬만해서는 꺾기 힘들었다.

남매가 똑같이 한 고집 하는 성격이라 상황 파악이 빨리 되는 편이다.

"그럼 내가 대학을 다니는 동안 네가 운영해 보는 건 어때?"

"응? 대학 다니는 동안만?"

재중이 살짝 한 발짝 물러나 말하자 연아도 살짝 흔들리는 표정이다.

넘겨주는 것이 아니라 재중이 대학을 다니는 동안만 공부에 집중할 수 있게 자신이 카페를 맡아서 운영한다는 것은 딱히 거부감이 들지 않은 것이다.

재중이 처음에 말한 명의 이전은 마치 재중의 것을 빼앗는 느낌이라 격렬하게 거부했다.

하지만 잠시 공부에 도움이 되게 카페를 맡아서 운영해 보는 것은 오히려 재중을 도와준다는 느낌이 들어 연아도 흔들리기 시작했다.

"어차피 나도 수능 끝나면 어느 대학이든 가서 열심히 공부할 생각이야. 하지만 대학 공부와 카페 운영을 동시에 할 만큼 공부라는 게 만만한 건 아니잖아? 안 그래?"

연아가 흔들리는 느낌이 들자 재중이 슬쩍 자신의 공부를 위해서 도와달라는 듯 강조해 말했다.

이내 연아의 눈동자가 심하게 흔들리면서 거의 넘어오기 직전이다.

"그럼… 오빠 대학 졸업할 때까지만?"

"응. 대학 졸업 때까지만 해주면 난 고맙지."

미끼를 덥석 문 연아의 모습에 재중이 웃으면서 고개를 끄덕였다.

연아는 결국 승낙할 수밖에 없었다.

세상에 하나밖에 없는 오빠가 대학 공부를 위해서 카페를 운영해 달라는데 그걸 거절할 수는 없었다.

특히나 어릴 때부터 양부모에게서 마켓 운영하는 법을 배운 연아였다.

카페 운영 정도는 너무나 쉬웠다.

최근 기존 회원들을 위해 컵을 보관해 주는 틀을 나무에서 투명한 유리로 바꾸기도 했는데, 모두 연아가 제의한 일이다.

얼마 전 연아가 왠지 카페가 갑갑해 보인다면서 차라리 투명한 유리로 해서 빛을 조명처럼 사용해 카페를 새롭게 꾸미자고 했다.

인테리어를 바꾼 지 얼마 되진 않았지만 연아가 처음으로 무언가 해보자고 말했기에 재중은 두말없이 승낙했다.

그런데 효과는 생각 이상이었다.

유리로 바꾸자마자 재중이 보기에도 조금은 답답했던 카페 안이 환하게 밝아지면서 조금 넓어진 듯한 느낌이 들었다.

거기다 창문을 통해 들어온 빛이 벽에 가득한 유리 틀에 굴절되어 반사되면서 마치 카페에 커다란 조명을 켠 것과 같은 효과가 나타났다.

자연히 손님들의 반응도 좋을 수밖에 없었던 것이다.

재중은 뒤늦게서야 연아가 디자인을 전문적으로 공부했다는 말을 들었다.

그제야 재중은 연아가 유리 틀로 바꾸면서 세세하게 지시하며 바쁘게 움직였던 이유를 알 수가 있었다.

보기에는 유리 틀이 그냥 놓인 듯하지만 모두 빛의 반사와 굴절을 계산한 위치였던 것이다.

"그보다 미국에는 언제 가?"

슬쩍 말을 돌리려는 듯 연아가 조금 전에 말한 미국 이야기를 꺼냈다.

"내일."

"응? 내일? 그럼 언제 오는데?"

"음, 가봐야 알겠지만 며칠 걸릴 거야."

"알았어. 그럼 카페는 걱정하지 말고 잘 다녀와. 나와 테라씨가 잘 지키고 있을 테니까."

사실 연아가 재중이 미국을 간다고 해도 크게 걱정하지 않는 이유는 바로 테라 때문이다.

그동안 카페에서 있으면서 연아는 단번에 카페의 실세가 누군지 알아차렸다.

원두를 꺼내 오는 것도 테라이고, 카페의 시작을 알리는 것과 끝을 알리는 것 모두 테라를 중심으로 이루어졌다.

물론 재중 앞에서는 고양이 앞의 쥐처럼 얌전한 테라였지만 말이다.

하지만 영업 중인 카페에서는 테라가 사장이나 다름없었다. 그렇기에 재중이 미국에 간다고 해도 크게 걱정되진 않았다.

"커피 계약한 거 때문에 가는 거야?"

재중이 미국으로 갈 일은 그것밖에 없기에 연아가 물어봤다.

재중은 그냥 고개를 끄덕였다.

"조심해서 다녀와."

그리고는 일어서더니 다시 카운터로 향하는 연아이다.

이미 카페를 오픈했기에 각자 자리를 찾아 움직이듯 말이다.

물론 재중은 조용히 자신의 전용 테이블에 앉아서 책을 앞에 놓고 생각에 잠겼다.

하지만 그것도 잠시,

"오빠, 누가 찾아왔는데?"

재중을 찾아온 사람들 때문에 포기해야만 했다.

"누구?"

테이블에 앉아 있던 재중이 고개를 돌려 연아를 보았다.

연아 뒤쪽으로 눈매가 날카로운 남자 두 명이 서 있었다.

"실례하겠습니다. 전 전태일 형사입니다."

"그리고 전 파트너인 박진욱 형사입니다."

"……?"

재중이 형사라는 말에 고개를 갸웃거리자 상대방이 먼저 확인하듯 물었다

"혹시 선우재중 씨 되십니까?"

"네, 제가 선우재중입니다."

형사가 자신을 찾아왔다는 것에 재중이 의아한 표정을 지

었다.

그러자 전태일 형사가 재중에게 다가오더니 질문을 던졌
다.

"다름이 아니라, 혹시 정태만 씨를 아십니까?"

물론 재중은 잘 알고 있지만 전혀 모른다는 듯 고개를 저으
면서,

"누구를 말하는 건지……?"

재중이 완전 모르는 사람처럼 연기하자 전태일 형사가 난
감한 듯 인상을 찌푸렸다

"음, 역시… 기억을 못하는 건가."

전혀 기억을 못하는 듯한 재중의 표정에 전태일 형사가 파
트너인 박진욱 형사를 쳐다봤다. 그러자 뒤에 있던 박진욱 형
사가 재중에게 다가왔다.

"혹시 어릴 때의 외삼촌을 기억하십니까? 저희가 알기로
정태만이라는 사람이 선우재중 씨의 외삼촌으로 한때 선우재
중 씨와 여동생 분인 선우연아 씨의 법적 보호자였는데 말입
니다."

"…아, 그 사람을 왜 저에게 찾는 거죠?"

그제야 기억난다는 듯 재중이 인상을 찡그리면서 되물었
다.

마치 잊고 있던 기억이 되살아나서 기분이 나쁘다는 듯한

표정을 노골적으로 지으면서 말이다.

"…혹시 정태만 씨가 최근 실종되었다는 소식을 들으셨습니까?"

"아니요. 전 처음 듣는군요. 그리고 전 그 사람의 이름이 정태만이라는 것도 방금 형사님을 통해서 알았습니다만."

"아, 그렇습니까? 혹시 최근에 정태만 씨를 보신 적이 있습니까?"

"없습니다."

재중은 딱 잘라서 대답했다.

정태만이 선우재중과 연아를 고아원에 버렸다는 것은 형사들도 이번에 조사하면서 알게 된 사실이다.

그래서 기대하지는 않았지만 혹시나 하는 마음에 찾아온 것이다.

예상대로였다. 거기다 방금 재중의 반응으로 보아 정태만의 이름도 모르고 있는 듯했다. 더더욱 정태만의 실종과 재중은 연관성이 없어 보였다.

"혹시라도 연락이 된다면 저희에게 바로 알려주셨으면 합니다."

"네, 그러죠."

형사들도 애초에 기대를 가지고 온 것이 아니기에 질문은 거의 형식적이었다.

하지만 그 탓에 연아가 정태만의 존재를 알게 되었으니 재중으로서는 그다지 반갑지 않은 방문이다.

"오빠, 외삼촌이라니?"

연아도 전혀 생각지 못한 형사들의 방문에 많이 놀란 표정이다.

재중은 별것 아니라는 표정으로 대답했다.

"어차피 그 사람은 잊고 있던 사람이잖아. 그냥 사라졌겠지. 아니면 벌 받았거나."

"…그래? 그렇겠지?"

재중과 달리 연아는 아무래도 어린 시절 버림받았다는 트라우마가 성인이 된 지금도 많이 남아 있었다.

재중은 걱정스러운 표정으로 일어나 연아의 머리를 쓰다듬으면서 달랬다.

"괜찮아. 아무 상관없는 사람이니까. 전에도 그렇고 지금도 그렇고 앞으로도 말이야."

재중이 안심시키면서 마나를 연아에게 흘려보냈다.

역시나 바로 연아의 눈동자가 편안해지기 시작했다.

"우리는 그냥 우리가 하던 대로 살아가면 되는 거야. 굳이 그딴 인간 신경 쓸 필요 없어. 알았지?"

"응, 알았어, 오빠."

재중이 마나를 사용해서 감정을 가라앉힌 보람이 있는지

연아는 평소의 모습으로 다시 카페로 돌아갔다.

사실 트라우마라는 것이 우습게 보일지 몰라도 방치하면 우울증으로 번지기 쉬운 것이다.

그래서 재중은 처음부터 연아의 감정에 강제로 개입해서 가라앉혀 버렸다.

이제 세상에, 아니, 지구에 존재하지 않는 인간 때문에 연아가 아파 하는 것은 싫었다.

하지만 형사들이 재중을 찾아온 것은 조금 의외였다.

"흑기병."

─네, 마스터.

테라는 지금 카페에 있기에 일하는 테라보다는 흑기병이 편했다.

재중의 부름에 흑기병이 그림자에서 나오진 않고 대신 목소리만 들렸다.

"그들의 상황은?"

─현재 모든 재산을 잃고 방황 중입니다.

"혹시라도 자살하지 않겠지?"

─테라의 패밀리어가 감시하고 있으니 그런 일은 없을 것입니다, 마스터.

지금 재중이 흑기병에게 물어본 그들이란 죽은 정태만의 아내 윤지율과 딸 정예지에 대한 것이다.

"내가 준 것에 대한 그들의 반응은 어떻지?"

—현재 사실 여부에 대해 확인하고 있는 중으로 보입니다.

"크크큭, 확인이라……. 하긴, 믿고 싶지 않겠지. 아버지이자 남편인 사람이 인신매매를 해서 재산을 불렸다는 사실을 말이야."

재중은 지금 그 모녀에게 한 가지 시험지를 던져준 것이나 마찬가지다.

재중과 모녀는 직접적으로 원한관계가 없기에 재중이 직접 응징할 수는 없었다.

대신 재중은 테라와 흑기병이 모은 정태만에 대한 자료를 모녀에게 던져준 것이다.

그리고 일주일째 그저 지켜보고 있는 중이다.

검찰 조사 중에 사라진 남편, 거기다 무너진 빌딩, 상가에 입주한 사람들에 대한 보상 등.

여러 가지 일 때문에 정신이 없던 윤지율은 어느 날 갑자기 나타난 정태만에 대한 자료를 발견했다.

윤지율도 처음에는 그냥 별거 아니겠지 생각했다. 하지만 너무나 자세한 서류 내용 때문에 결국 사정을 알아보기 시작했다.

그리고 알면 알수록 진실이 밝혀지게 된것이다.

종내에는 자신이 믿고 산 남편이라는 사람에 대한 실망감을 넘어 혐오감까지 든 윤지율이다.

거기다 딸인 정예지도 아버지의 진실한 정체를 알게 되자 실망을 넘어 우울증까지 온 상태이다.

하지만 재중이 던진 시험은 그런 모녀의 고통이 아니었다.

"네가 보기에 그걸 검찰이나 경찰에 넘길 것 같아?"

─확신할 수 없습니다. 하지만 인간의 감정은 수시로 변하기 때문에 조금 더 지켜봐야 할 것으로 생각됩니다, 마스터.

"하긴 인간은 진실과 거짓을 동시에 가진 동물이니까 말이야."

만약 윤지율과 정예지가 재중이 준 서류를 자신들만 알고 없애 버린다면 그때는 재중이 나설 것이다.

결국 정태만이나 모녀나 같은 인간이라는 증거이니 말이다.

하지만 경찰이나 검찰에 기록을 넘긴다면 정태만에게 말한 것처럼 더 이상 상관하지 않을 생각이다.

정태만이 사라진 현재, 윤지율과 정예지 모녀는 어쩌면 자신들의 남은 인생이 걸린 시험을 받는 중이다.

다만 본인들은 그 사실을 모르고 있었다.

─그보다, 마스터.

"응?"

─미국 따라가겠습니다.

"안 돼."

재중은 미국으로 가는 길에 카페에 흑기병과 테라를 모두 남겨둘 생각이다.

자신을 지켜보는 숨겨진 눈이 있다는 것을 안 이상 재중의 최대 약점인 연아의 안전을 먼저 지켜야 했다.

재중으로서는 당연한 판단이지만 흑기병은 그게 아니었다.

자신들이 지켜야 하는 존재는 연아가 아니라 바로 재중이었다.

테라는 카페에서의 위치도 있기에 재중의 명령에 순순히 따랐지만 흑기병은 그렇지 않았다.

―저의 존재는 마스터를 지키기 위해 있습니다.

"알아."

―그러니 저도 가겠습니다.

흑기병이 고집을 피우자 재중은 한숨을 작게 내쉬더니,

"흑기병 넌 내가 약하다고 생각하는 것이냐?"

나직하게, 하지만 감정이 전혀 실리지 않은 차가운 목소리로 물어본다.

―마스터는 강하십니다.

"그럼 명령에 따라. 내 유일한 약점은 연아뿐이니까."

―…….

재중의 강압적인 명령에 어쩔 수 없이 따르긴 하지만 불만이 있는 듯했다.

흑기병 특유의 대답 없는 반응에 재중이 다시 입을 열었다.

"카페 전체를 지킬 필요는 없다. 어떠한 경우에도 연아만은 지켜라. 이것이 내가 테라와 흑기병 너희를 이곳에 두고 가는 이유니까. 알겠지?"

─알겠습니다, 마스터.

결국 흑기병은 재중의 명령에 따르기로 했다.

하지만 요즘 들어 흑기병이 조금 반항하는 편이다.

물론 재중의 입장에서는 테라처럼 자유롭게 하고 싶은 것 하면서 지냈으면 했다.

하지만 흑기병의 특이한 외형 때문에 지구에서는 그게 불가능하다는 판단에 대부분 이해하고 넘기는 편이었다.

그런데 그런 흑기병이 요즘 들어 자신의 생각을 말하고 있었다.

물론 좋은 일이다. 좋은데, 문제라면 그 생각이 모두 재중의 명령에 반한다는 게 조금 골치 아프다.

특히나 지금처럼 미국으로 가는 일에 재중 혼자 보내는 것을 강하게 거부할 줄은 재중도 예상하지 못했다.

그 정도로 흑기병은 빠르게 변하고 있었다.

"그리고 내가 미국에 다녀올 동안 그들이 결정을 내리지 못한다면 알아서 정태만이 인신매매한 증거를 검찰이나 경찰에 넘겨라."

─알겠습니다, 마스터.

Chapter 05
하이잭

사실 천산그룹의 천 회장이 직접 재중과 같이 갈 것이라고
는 생각하지 않았기에 딱히 그것에는 불만이 없는 재중이다.

　하지만 역시나 천서영이 미국에서 재중의 가이드 역할을
할 것이라고 인천공항에서 들었을 때는 재중도 속으로 참 포
기를 모르는 영감이라는 생각이 절로 들었다.

　그러다 보니 완전히 불만이 없다고 하기에도 좀 애매한 게
이번 미국행 여정이다.

　"왜 그러세요?"

　자신을 한 번 보는 재중의 모습에 천서영이 무언가 기대하

는 눈빛으로 쳐다봤다.

"립스틱이 조금 번졌군요."

"어멋!"

멀쩡한 립스틱이 번졌다고 말하고 고개를 돌려 버리는 재중이다.

당연히 천서영은 바로 일어나 기내 화장실로 향한다.

"어쩜 포기를 모르는 영감이야, 정말."

천서영이 재중에게 마음이 있다는 것을 천 회장이 모를 리가 없다.

평생 사람을 상대하며 한국에서 1위 그룹을 일군 기업인이 천 회장이다.

그런 그가 친손녀의 마음을 모른다는 것은 말이 안 되었다.

다만 문제라면 천서영의 재중을 향한 호감이 결코 자연스러운 사랑이라는 감정이 아니라는 점이다. 재중의 마나로 인해 만들어진 감정이라는 것을 모르기에 재중만 답답할 뿐이다.

본래 마법사가 자신의 제자를 키울 때 사용했던 것이 바로 마나 친화력의 시작이었다.

자신에게 마나를 나누어 준 사람에게 호감을 가지게 돼서 순종적으로 따르는 것.

그것이 바로 마나 친화력의 진정한 정체였다.

물론 재중에게 그런 생각은 눈곱만큼도 없었지만 말이다.

설마 하니 지구에서 마나 친화력에 반응하는 사람이 있을 줄은 꿈에도 몰랐다.

안심하고 천서영을 살리기 위해 마나를 쏟아부은 것이 결국 부메랑이 되어 재중에게 되돌아온 것이다.

문제라면 상대가 천산그룹 천 회장의 손녀라는 것이다.

재중에게는 껄끄러운 문제였다.

차라리 검예가의 박인혜 정도만 되었어도 테라가 기억을 흐릿하게 해서 재중과의 관계를 강제로 끊어버릴 수도 있다.

하지만 천산그룹 천 회장의 손녀인 천서영은 기억을 흐릿하게 해도 달라질 게 없다.

결과적으로 재중이 앞으로 계속 천 회장과 관계가 이어지게 된 이상 소용없는 짓이나 마찬가지이다.

오히려 천 회장이 의심을 할 수도 있기에 우선은 그냥 내버려 두고는 있다.

다만 천 회장이 자꾸 천서영과 자신을 이어주려는 듯 자꾸 눈에 보일 만큼 빤한 수작을 부린다는 게 귀찮을 뿐이다.

"보면 정든다는 것도 보통 사람들 이야기라고, 영감님."

아직 혼자인 재중은 천 회장의 의도가 뭔지 뻔히 알기에 혼잣말 말로 투덜거렸다.

하지만 그뿐이다.

신승주를 만나기 위해서는 어쩔 수 없이 천서영과 같이 움직여야 하니 말이다.

젊은 남녀가 자주 만나면 없던 정도 생기고, 특히나 먼 거리를 자주 다니면 조금씩 서로 간에 호감이 쌓일 거라는 것이 천 회장의 생각일 것이다.

하지만 재중은 만들어진 감정으로 시작한 천서영의 호감이 전혀 달갑지 않았다.

몇 번이나 대놓고 말해도 포기할 줄 모르는 천씨 집안 사람들의 고집이 너무나 귀찮을 뿐이다.

뭐, 저런 뚝심과 고집이 있으니 당당하게 기업을 일구었을 것이다.

하지만 남녀 사이의 감정에 관해서는 전혀 아니었다.

특히나 재중처럼 자기 자신을 너무나 잘 알고 스스로를 컨트롤하는 것이 익숙한 사람에게 무조건 들이대는 것은 오히려 거부감만 들 뿐이라는 것을 모른다.

"……?"

혼자서 여러 가지 생각을 하면서 잠시 생각에 빠져 있던 재중은 돌연 뭔가 이상하다는 느낌을 받았다.

천서영이 화장실을 간 지 제법 시간이 된 것 같은데 아직도 오지 않고 있다.

재중은 평소에는 나노 오리하르콘의 방어 본능이 강하다

보니 일부러 다른 모든 감각을 봉인하고 있던 것을 잠시 풀어 퍼뜨렸다.

"…쩝, 이건 또 뭐야?"

감각을 퍼뜨리자마자 재중이 느낀 것은 비행기에 휘몰아 치는 엄청난 불안과 초조, 그리고 공포였다.

그리고 여러 명의 사람이 협박하는 것이 고스란히 재중의 감각에 걸려들었다.

마치 3D입체영상으로 위에서 내려다보듯 훤히 보인 것이다.

당연히 그런 상황을 지켜보기만 해도 지금 상황이 어떤지 바로 느낌이 온 재중이었다.

"하이잭… 인가? 나 참, 로또 확률보다 낮다는 하이잭이 걸리다니… 나도 운이 지독히 나쁜 편인가?"

하이잭, 간단하게 말해서 현재 재중이 타고 있는 비행기가 공중 납치된 상황을 이르는 말이다.

재중이 있는 곳은 여객기의 최고 클래스다.

그렇기에 감각을 봉인하고 있던 재중이 느낄 수가 없었던 것이다.

여객기 가장 뒤쪽에서 시작한 모양이다.

이미 여객기의 객실은 모두 납치범 일당에게 넘어간 상태였다.

오직 재중이 있는 클래스와 조종석만 남겨놓은 듯했다.

아직 재중과 같은 클래스에 있는 다른 승객들은 전혀 모르고 있었다.

하지만 곧 납치범들이 들이닥치면 그땐 난리가 나겠지만 말이다.

저벅.

"왔군."

호랑이도 제 말 하면 온다던가?

생각이 끝나자마자 민감한 재중의 코에 화약 냄새를 진하게 풍기면서 들어오는 사내가 느껴졌다.

총기류는커녕 웬만한 날붙이도 엄격하게 금지하는 비행기다.

화약 냄새를 풍긴다는 것 자체가 이미 확인해 볼 것도 없이 납치범이다.

그런데 정말 재중이 재수가 없는 걸까?

납치범이 들어오자마자 재중에게 다가왔다. 그는 재중의 머리에 총구를 가져다 대고는 말했다.

"조용히 일어나."

영어였지만 뭔가 발음이 살짝 어눌한 것이 영어권의 사람은 아닌 듯했다.

"……"

그런데 재중은 그저 고개를 돌려 납치범을 한 번 보더니 씨익 웃으면서 새하얀 이를 살짝 드러내고는,

"그냥 죽어라."

덥석!

납치범이 방아쇠를 당길 틈도 없이 납치범의 목을 잡아버린 것이다.

우드득!

그리고 목을 잡자마자 그대로 ㄱ자로 꺾어버렸다.

납치범을 너무나 허무하게 죽여 버린 재중은 슬그머니 자리에서 일어났다. 그리곤 죽은 납치범의 목을 쥔 채로 조용히 자신이 있던 클래스를 벗어났다.

물론 클래스에 같이 있던 다른 승객 그 누구도 그 사실을 알지 못했다.

Chapter 06
흔적도 없이

재중귀환록

"난장판이네."

자신의 클래스에서 나온 재중이 가장 먼저 본 것은 울고 있
는 천서영과 그녀의 가슴을 마음대로 주물러 대고 있는 납치
범이다.

"재… 중씨……."

천서영은 지금 인질이 되어 납치범에게 잡혔다는 것보다
자신이 능욕당하는 것을 재중에게 들켰다는 것이 더욱 부끄
러웠다.

그녀는 재중을 부르는 듯하다가 고개를 돌려 버렸다.

"넌 뭐야?"

최상위 클래스를 점령하러 갔던 동료는 나오지 않고 처음 보는 재중이 튀어나왔으니 놀라지 않을 수 없다.

납치범은 천서영의 가슴을 주무르던 손을 그대로 유지하면서 반사적으로 재중을 향해 소리쳤다.

하지만,

퍼걱!!

우드득!

설마 그게 자신이 살아서 한 마지막 말이 될 줄 납치범은 미처 몰랐다.

재중은 어느새 품에 천서영을 안고 있었다.

물론 천서영을 능욕하던 납치범은 얼굴을 마치 커다란 망치로 맞은 듯 완전히 함몰되었다.

본래의 얼굴을 알아보지 못할 만큼 걸레가 된 모습이다.

"제발… 절 보지 마세요. 제발."

천서영은 재중의 품에 안겨 구출되었다.

하지만 재중에게 자신의 못난 모습을 보였다는 것에 심하게 부끄러워하다 못해 두려워했다.

그런 모습을 본 재중은 한숨을 쉬더니,

"그냥 잠시 자둬요."

천서영의 뒷목에 살짝 손가락을 가져다 댔다.

푹~

순식간에 천서영은 기절하듯 재중의 품에 완전히 안겨 버렸다.

재중은 그렇게 기절한 천서영을 그녀의 자리에 앉혀놨다.

다시 나온 재중은 자신이 죽인 납치범의 시체를 힐긋 쳐다보더니 중얼거렸다.

"조용하게 끝내려면… 역시… 있어야겠군."

이미 조종석과 최상위 클래스를 제외하고는 모두 납치범에게 넘어간 상황이다.

재중이 혼자서 조용히 처리하기에는 총이라는 변수가 아무래도 문제가 있었던 것이다.

고도 1만 피트 위에서 혹시라도 총알이 발사되면 그대로 공중분해라는 말이 어울릴 엄청난 재앙이 될 테니 말이다.

그렇기에 어쩔 수 없이 불렀다.

"흑기병."

—네, 마스터.

마치 재중의 부름을 기다렸다는 듯 곧바로 재중의 그림자에서 칠흑 같은 어두운 색의 갑옷을 입은 흑기병이 튀어나왔다.

"납치범을 제외한 객실의 모든 사람을 조용하게 만들어라."

언뜻 보면 말도 안 되는 명령 같기도 하다.

하지만 그런 재중의 명령에 흑기병의 투구 속에서 살짝 붉은 빛이 반짝였다.

─명령 실행합니다.

그 말과 함께 흑기병이 빨려들 듯 사라지자 동시에 재중의 발걸음도 움직이기 시작했다.

저벅저벅.

겨우 몇 걸음 정도의 거리, 짧은 순간이었다.

하지만 재중은 자신이 객실에 들어서는 순간 깨어 있는 사람은 오직 납치범뿐일 것이라는 걸 전혀 의심하지 않았다.

촤라락!

재중이 작은 커튼을 걷고 객실에 들어섰다.

그의 눈에 보인 것은 당황하는 납치범과 갑자기 죽은 듯 쓰러져 버린 인질이 된 승객들이다.

"뭐야? 이거 갑자기 왜 이래?"

"젠장! 나도 몰라. 다 죽은 거 아니야?"

"아니야. 숨은 쉬는데. 혹시 너 수면 가스 터뜨렸냐?"

오히려 납치범들끼리 서로 우왕좌왕하면서 상황 판단을 내리지 못하고 있었다.

씨익~

역시나 흑기병이 재중의 명령을 확실하게 수행했다.

재중은 만족한 미소와 함께 몸이 흐릿하게 변하더니,

와작!

털썩!

퍼걱!

털썩!

순식간에 하이잭 상황이 끝나 버렸다.

납치범 일곱 명 모두 사망으로 말이다.

다만 스튜어디스 한 명은 제외였다.

"이, 이게… 도대체… 어떻게……!"

불과 4초? 5초?

아니, 정확하게 시간은 알지 못하지만 무언가 흐릿하게 움직인다 싶은 순간 자신의 동료가 목이 꺾이고 허리가 'ㄷ' 자로 뒤집히면서 죽어갔다.

그 모습을 똑똑히 본 스튜어디스는 다리가 후들거려서 제대로 서 있지도 못했다.

마지막 남은 동료마저 권총을 뽑아보지도 못하고 목과 허리가 으스러지면서 바닥을 뒹굴었다.

그때 그녀의 귓가에 목소리가 들렸다.

"하이잭을 한 목적이 뭐지?"

낮은 듯하면서도 묘하게 사람의 가슴을 파고드는 목소리였다.

순간 스튜어디스는 자신도 모르게 고개를 돌려서 목소리가 들린 쪽을 바라보았다.

그곳에는 검은 머리카락에 은색의 눈동자를 한 너무나 매력적인 외모의 재중이 서 있다.

물론 그녀에게는 지금 재중의 모습이 귀신보다 더 무서운 존재로 보였다.

"누, 누, 누구… 세요?"

그녀는 직접 확인하진 않았지만 하나만은 똑똑히 기억하고 있기에 재중을 보고 공포에 떨고 있는 것이다.

언뜻 보일 때마다 은빛으로 빛나던 빛의 흔적이 너무나 선명하게 그녀의 뇌리에 남아 있었다.

그녀는 재중의 은빛 눈동자를 보는 순간 재중이 지금 자신의 동료를 모두 죽인 사람이라는 것을 직감적으로 알게 되었고, 그래서 공포에 사로잡혔다.

스윽~

스튜어디스, 아니, 납치범의 동료인 그녀가 쉽게 말할 것 같지 않았다.

그러자 재중은 미소를 지으며 서슴없이 그녀의 목을 움켜쥐었다.

"마지막으로 묻지. 하이잭을 한 목적이 뭐지?"

오싹!

마치 얼음으로 된 창으로 찌르는 듯한 느낌을 받은 그녀는, 딸꾹딸꾹!

너무나 놀라서 딸꾹질을 하기 시작했다.

하지만 그런 그녀의 반응을 가만히 지켜보던 재중은 쓴 입맛을 다시면서 손에 힘을 줬다.

우드득!

털썩!

겁에 질려서 이미 패닉에 빠진 사람을 상대로 질문한다는 것 자체가 쓸데없는 시간낭비다.

그것을 잘 알기에 지체 없이 죽여 버린 것이다.

정신 나간 사람에게 무언가 묻는다는 것은 가장 쓸데없는 짓이다.

제정신일 때도 사실 쉽게 대답하지 않을 질문인데 정신이 살짝 나간 상태라면 이미 끝난 것이나 마찬가지다.

"모두 바다에 던져 버려."

재중이 마치 방바닥에 떨어진 쓰레기를 치우라는 듯 말했다.

그러자 흑기병이 마지막으로 죽은 스튜어디스까지 어깨에 짊어지고 어둠 속으로 사라졌다.

반면 재중은 녀석들이 흘린 총기류를 집어 들어 살펴보더니 혼잣말처럼 중얼거렸다.

"테라 녀석이 좋아하겠군."

―저 부르셨어요, 마스터?

"......"

테라라는 이름만 언급했을 뿐인데 카페 앞치마를 두른 채 방긋 웃는 얼굴로 나타난 테라다.

테라의 모습에 재중은 자신도 모르게 실소를 지었다.

확실히 테라가 분위기 메이커이긴 했다.

"지구에서 사용하는 무기다."

어차피 납치범들이 쓰던 무기로 바다에 던져 버릴 것이기에 테라에게 선물로 주었다.

―어머, 마스터, 저를 위해서 이렇게 챙겨주시고~ 저 감동받았어요, 정말~

사실 테라는 그동안 인터넷을 하면서 가장 궁금한 것이 바로 총기류였다.

화약을 이용해서 만든 지구에서 가장 흔하게 쓰이는 무기가 바로 총이니 말이다.

대륙에서는 사실 용병만 되어도 칼이나 활 등 무기를 쉽게 구할 수 있었다.

하지만 재중이 있는 한국은 진검조차도 사람들의 시선이 집중될 만큼 무기에 대해 규제가 엄격했다.

따라서 총을 구경하는 것은 거의 하늘에 별 따기나 마찬가지였다.

물론 미국에서 재중이 습격받았을 때 총을 본 적은 있다.

하지만 그 당시는 재중이 습격받았다는 분노에 통째로 얼려 버리는 바람에 총을 가져오진 못했다.

그리고 그걸 은근히 아쉬워하던 테라를 잘 알고 있는 재중이었다.

해서 이번 기회에 그냥 가지고 놀라고 준 것이다.

마법사의 호기심은 스스로의 목숨을 태워 버릴지라도 멈추지 않는 유혹이나 마찬가지였고, 그걸 재중도 잘 알고 있다.

뭐, 테라가 총에 맞아 죽을 일은 없기에 준 것이기도 하다.

어차피 테라의 지금 인간의 몸은 그저 껍데기에 불과하고, 진정한 테라는 바로 테라가 언제나 숨겨두고 있는 마도서이니 말이다.

"대신 이곳에 있는 사람들의 뇌리에서 납치범들의 기억을 모두 흐릿하게 만들어놓아라. 꿈을 꾼 것처럼 말이야."

—옛썰! 명령 시행하겠습니다!

재중의 명령이 떨어지자마자 테라의 손끝에서 푸른빛의 가루가 터지듯 사방으로 퍼져 나갔다.

푸른 입자 하나하나가 쓰러져 있는 사람들의 머릿속으로 스며들었다.

―마스터, 끝났어요.

마나를 다루는 것에는 일반적인 마법사와 전혀 다른 드래곤의 마도서답게 테라의 마법은 화려하면서도 전혀 쓸데없는 동작이나 제스처도 없이 끝나 버렸다.

"수고했어."

재중이 칭찬하자 테라가 싱긋 웃더니 흑기병과 마찬가지로 재중의 그림자 속으로 사라져 버렸다.

그걸로 끝이었다.

일반적으로 한 번 발생하면 나라가 들썩일 만큼 엄청난 사건이 대부분인 하이잭이라는 공포가 너무나 싱겁게 끝난 것이다.

일반적으로 한 번 공중 납치가 발생하면 국가들은 테러리스트와 협상 자체를 하지 않는 편이다.

때문에 공중 납치된 인질이 살아나는 경우는 극히 드물었다.

협상을 하는 순간 두 번째 테러가 일어날 가능성이 확실하기 때문이다.

무려 승무원까지 포함된 지능적이고 철저하게 계획된 공중 납치였다.

그들에게 불운이라면 재중이 같은 비행기에 타고 있었다는 것이다.

그 때문에 테러 자체가 무산되어 버렸다.

거기다 재중은 납치범과 있던 사람들의 기억을 마법으로 꿈을 꾼 것처럼 만들어 버렸다.

조금 뒤에 깨어난 사람들은 자신들이 공중 납치를 당한 것이 꿈인지 현실인지 구분하지 못할 것이다.

물론 천서영 역시 재중이 강제로 재웠으니 깨어나면 자신이 겪은 일이 꿈인지 현실인지 어리둥절해할 것이다.

사람은 믿고 싶지 않은 기억이나 경험은 빠르게 잊어버리거나 부정하는 습성이 있으니 이럴 때 재중이 조용히 모른 척하면 금방 꿈을 꾼 것으로 생각해 버릴 것이다.

*   *   *

"……."

잠에서 깨어난 천서영은 어리둥절했다.

자신이 잠들기 전까지만 해도 공포와 불안으로 가득하던 기내였다.

그런데 깨어나서 보니 평소와 다름없는 평온한 모습이 아닌가.

당연히 천서영은 어리둥절해하면서도 자신도 모르게 납치범이 마음대로 주무르던 가슴에 손을 얹어보기도 했다.

하지만 역시나 만져지는 감촉이 지금 이 상황이 꿈이 아니라고 알려줄 뿐이다.

"왜 그래요?"

"아, 아니에요."

재중이 자신을 쳐다보는 눈을 마주하는 순간 천서영은 자신도 모르게 고개를 돌려 버리고는 속으로 생각했다.

'아, 왜 이러지? 아까 그게 꿈이었나?

공중 납치범들이 비행기를 장악했다면 자신이 이렇게 편안하게 잠들었다가 깨어나는 일은 있을 수 없다.

천서영은 머릿속이 복잡했다.

결국 그녀는 자리에서 일어나 걸음을 옮기기 시작했다.

지금 이곳은 모르지만 납치범들이 완전히 장악한 다른 클래스 객실을 가본다면 보다 확실히 알 수 있으리라는 생각에서이다.

애초에 납치범에게 자신이 붙잡힌 것이 꿈이라면 아무 일도 없을 것이다.

천서영은 오직 그런 막연한 생각만으로 일어서서 클래스를 나섰다.

반면 그렇게 자리에서 일어나 다른 객실을 향해 걸어가는 천서영을 본 재중은 싱긋 웃으면서 혼잣말을 했다.

"생각보다 담이 큰 여자였군."

아무리 꿈이라 할지라도 그런 일을 겪고 나면 보통은 겁에 질려 한참 동안 갈피를 잡지 못하는 게 정상이다.

특히 천서영처럼 납치범에게 성적인 치욕까지 당한 경우라면 더더욱 그럴 것이다.

그런데 그런 일반적인 경우와 달리 잠시 생각하던 천서영은 벌떡 일어서서 확인하기 위해 자신이 납치범에게 잡혀 있던 곳을 향해 발걸음을 옮기고 있다.

재중이 보기에도 대단히 용기 있는 행동이었다.

자칫 한동안 트라우마로 남을지도 모를 만큼 대단한 경험이었으니 말이다.

* * *

"역시 아닌가?"

클래스를 나온 천서영은 스튜어디스들이 분주하게 움직이는 모습에 자신도 모르게 안도의 한숨을 내쉬었다.

"꿈이었나?"

비행기를 타면 볼 수 있는 평소의 모습 그대로였다.

그래도 혹시나 몰라 마지막 객실까지 모두 직접 돌아다니면서 확인해 본 결과 승객 대부분이 잠들어 있었다.

잠든 승객들의 모습이 너무나 편안해 보였기에 천서영은

고개를 끄덕이며 중얼거렸다.

"내가 피곤했나… 보네."

보통 몸이 너무 피곤하거나 걱정이 심하면 악몽을 꾼다는 말을 듣긴 했었다.

천서영은 이렇게 생생한 악몽을 꾼 적이 처음이기에 그걸 이해하는 데 시간이 걸린 것이라고 생각했다.

하지만 한편으로는 꿈이라고 생각하자 귀가 살짝 붉어질 만큼 부끄러워지기 시작했다.

"내가 욕구불만인가."

천서영은 슬그머니 자신의 가슴을 내려다봤다.

악몽이긴 하지만 남자가 자신의 가슴을 주무르는 꿈을 꿨다고 생각하니 부끄러운 마음이 들었다.

특히나 꿈에서 마지막에 재중이 그 모습을 모두 지켜봤다고 생각하니 자신도 모르게 가슴이 두근거렸다.

꿈 마지막에 자신이 재중의 품에 안겼다는 것도 기억하고 있는 천서영이었다.

그녀는 클래스로 들어가는 입구에 서서 한동안 두근거리는 가슴을 진정시키느라 애를 먹어야만 했다.

"괜찮나요?"

재중은 물론 그녀가 무엇을 하다 왔는지 이미 다 알고 있다.

하지만 모르는 척 한참 동안 나갔다 들어와 좌석에 앉는 천서영에게 조용히 물었다.

"아니에요. 그냥… 꿈자리가 좀 사나워서……. 이젠 괜찮아요."

"네."

재중은 그 말을 끝으로 다시 입을 다물고 시선을 책으로 돌렸다.

그런데 순간적으로 책에 집중한 재중의 모습에 천서영은 자신이 왜 그렇게 대답했는지 스스로 한탄했다.

본래 재중이 상대에게 그리 관심을 두지 않는 성격이라는 것을 천서영도 잘 알고 있었는데 딱 잘라서 대답해 버리고 만 것이다.

대화를 이어갈 여지가 없었다.

'아, 내가 연애에 이렇게 숙맥이었나.'

천서영은 재중에게 마음이 기울면서 태어나 겪어보지 못한 여러 가지 경험을 한다고 생각했다.

사실 그녀는 천산그룹의 손녀라는 타이틀 자체로 이미 상위 0.1%에 들어가는 사람이었다.

그러다 보니 주변에서도 가까이 다가오지 못하는 경우가 대부분이었다.

거기다 지금까지 천서영은 누군가에게 먼저 다가가간 적

도 없다.

그저 그냥 마음에 드니, 집안 괜찮니 정도로 사람을 판단했고, 누군가를 좋아해서 필사적으로 다가간 적이 없다.

그렇다 보니 지금처럼 자기가 먼저 재중에게 다가가야 하는 상황에 닥치자 어떻게 해야 할지 전혀 모르는 바보가 되어 버린 것이다.

그뿐인가?

무뚝뚝하고 무관심한 성격의 재중과 대화를 이어나가는 방법까지 모르다 보니 상대의 성격을 파악하고 있으면서도 딱 잘라 대답해 버리는 실수를 했다.

그것만 봐도 천서영이 자신을 빛 좋은 개살구나 마찬가지라고 스스로 생각하는 것은 어쩌면 당연했다.

보기에는 정말 화려하고 풍요로운 천서영이지만 속을 들여다보면 지금까지 누군가를 정말 좋아한 적이 없는 모태솔로이니 말이다.

'에휴, 내 팔자야.'

거기다 이미 재중에게 자신에게 관심이 없다는 말을 직접적으로 듣기까지 했다.

사실상 여자로서의 자존심이 이미 바닥으로 떨어질 데까지 떨어져 더 이상 재중 앞에서는 내세울 자존심조차도 없는 상황이다.

한마디로 조금 과장해서 말하자면 천서영이 죽자 사자 좋다고 재중의 바지끄트머리를 물고 늘어지는 스토커와 다를 바 없는 것이다.

'내가 생각해도 콩깍지가 단단히 씌었어, 정말.'

더욱 황당한 것은 천서영 스스로 자신이 콩깍지가 씌었다는 것을 깨닫고 있는 중이라는 것.

보통 누군가를 좋아하면 눈에 보이는 것이 없어지게 마련이지만 천서영은 특이하게도 재중의 단점이라든가 성격이 무뚝뚝하다든가 하는 것이 다 보였다.

모두 그녀가 생각하던 이성에 대한 감정 중 싫어하는 것뿐이었기에 사랑하지만 단점을 모두 알 수 있었을지도 몰랐다.

하지만 유독 재중만큼은 그 모든 게 용서가 되었다.

누가 봐도 사랑의 콩깍지가 씌어서 미친 거라는 생각이 들 정도이다.

천서영 본인도 자신이 남자한테 미쳤다고 스스로 인정하고 있기까지 했으니 무슨 말이 필요하겠는가?

거기다 재중은 평소에 천서영이 좋아하는 이상형도 아니니었다.

아니, 이상형과 완전 반대의 성격이다.

하지만 누가 말했던가?

사랑은 인간이 제어할 수 없는 미지의 영역이라고 말이다.

마나 친화력이든 뭐든 한번 천서영의 마음에 불이 붙어버린 이상 그게 쉽게 꺼진다는 것은 결코 쉬울 리가 없다.

특히나 천산그룹을 세운 천 회장의 직계 자손으로 고집과 성격을 그대로 물려받은 천서영이기에 더더욱 그럴지도 몰랐다.

하지만 아무리 그래도 짝사랑은 역시나 힘들었다.

천하의 천 회장이 재중 앞에서만큼은 그저 동네 아는 할아버지로 변하는 마당이다.

천산그룹의 손녀라는 타이틀은 재중 앞에서 무용지물이었으니 말이다.

Chapter 07
로스앤젤레스

재중귀환록

"덥네요."

천서영이 LA공항에 내리자마자 내뱉은 말이다.

한국과는 또 다른 더위에 숨이 막혔다.

그런데 천서영은 공항에서 내리자마자 타는 듯한 더위에 벌써 땀을 흘리고 있는 데 반해 재중은 땀 한 방울은커녕 보기에도 피부가 뽀송뽀송하기만 하다.

"덥지 않아요?"

천서영이 되물어봤지만 재중은 그냥 웃으면서 대답했다.

"견딜 만하네요."

재중의 몸속 나노 오리하르콘이 빠르게 주변의 마나를 흡수해 이미 재중은 더위에 완전히 적응한 몸으로 변해 버린 상태였다.

재중은 설사 우주에 내던져진다 해도 나노 오리하르콘이 재중의 몸을 우주에서 호흡이 가능하도록 적응시킬지도 모를 정도였다.

그만큼 적응력 하나는 최고로 만들어주는 만능이 재중의 몸 안에 있다.

즉, 나노 오리하르콘이 있는 이상 재중에게 웬만한 더위와 추위 따위는 애초에 논외의 문제이다.

"역시… 기공술이라서 그런 건가."

반면 천서영은 재중이 땀을 흘리지 않는 것도 기공술로 생각했다.

남들이 들으면 기공술이 무슨 만능이냐고 할지도 모른다.

하지만 재중을 옆에서 본 천서영에게는 그것 외에는 자신과 너무나 다른 재중의 모습이 도무지 설명이 되지 않으니 말이다.

씨익~

재중도 굳이 천서영이 그렇게 생각하는 것에 다른 설명도 하지 않고 미소를 지을 뿐이다.

애초에 설명 자체가 불가능했으니 알아서 생각하라는 듯

말이다.

하지만 그 미소조차 천서영에게는 자신이 생각하는 기공술이 맞는다는 긍정의 대답으로 들릴 뿐이다.

"이제 어디로 가죠?"

LA공항을 살짝 벗어나 도로변에 서 있은 지 벌써 10분째다.

그럼에도 천서영이 택시를 부를 생각은 않고 시계를 보면서 무언가 찾는 듯한 모습이자 재중이 물었다.

"저희를 마중 나올 텐데… 시간이 안 맞은 건지 아직 안 보이네요."

"그런가요."

재중은 천산그룹의 LA지부에서 사람이 오거나 아니면 따로 가이드를 불렀으려니 생각했다.

하지만 조금 뒤, 커다란 롤스로이스 한 대가 재중 앞에 멈춰 서는 것으로 그런 생각이 모두 틀렸다는 것을 깨닫는 데에는 그리 오랜 시간이 걸리지 않았다.

"재중 군, 오랜만이네."

롤스로이스 문이 열리면서 내린 사람은 다름 아닌 사지에르 지 올리비아 시우바 회장이었다.

재중도 설마 시우바 회장이 직접 마중 나올 줄은 몰랐는지라 조금 놀라는 표정을 지었다.

그런 재중의 반응에 시우바 회장은 입가에 미소를 가득 머금었다.

"자네 표정에 변화가 생기다니, 그래도 내 존재가 아직 자네를 놀라게 할 만한 여력은 있나 보군."

"바쁘지 않으신가 보군요."

그래도 브라질 내 1위 기업의 회장인 사람이 자신을 마중하기 위해 직접 왔다는 것은 역시나 도무지 이해가 가지 않는 모습이다.

재중이 너스레를 떨며 물어보자,

"뭐 자네 정도면 내가 일부러 시간을 내는 것도 나쁘지 않아서 말이야. 어서 타게. 서영 양도."

미국에서도 쉽게 볼 수 없는 롤스로이스가 공항 앞에 서 있으니 사람들의 시선이 몰리는 것은 당연했다.

재중과 천서영이 서둘러 차에 올라탔다.

"편한 일정이 되겠군요."

재중이 올라타면서 나직이 한마디 하자 시우바 회장은 싱긋 웃으면서,

"자네의 미국 일정은 모두 내가 에스코트할 테니 걱정하지 말게나."

하며 큰소리친다.

하지만 재중은 과연 회장이 저렇게 마음대로 돌아다녀도

시우바 그룹이 잘 돌아갈지 조금 걱정이 되긴 했다.

재중이 회장이란 사람이 저렇게 마음대로 돌아다녀도 되는가 싶은 생각을 하는 데는 당연히 이유가 있었다.

우선적으로 간단하게 비교를 해도 가까이 있는 천 회장과 시우바 회장의 움직임이 완전 달랐기 때문이다

천 회장은 천산그룹의 중심, 그리고 정신적인 지주나 마찬가지였다.

그리고 정말 중요한 일은 모두 천 회장의 손을 거쳐야 했고 천 회장이 없으면 그룹이 바로 멈춰 버릴 만큼 중요한 핵심 인물이었다.

반면 시우바 그룹은 조금 달랐다.

시우바 그룹도 시우바 회장이 가장 중심이고 영향력이 강한 것은 맞다.

하지만 실제로 그룹을 운영하는 것은 각 계열사의 사장들이 알아서 움직이는 구조였다.

더욱이 시우바 회장은 시우바 석유를 가지고 있었다.

그러다 보니 보기에는 뒷방 늙은이 같지만 실제 그룹에서는 기침 한 번만 해도 계열사 사장들이 깜짝 놀랄 만큼 엄청난 영향력을 가지고 있었다.

아직 그룹의 운영에 중요한 자리에 있는 천 회장과 그룹 운영에는 크게 관여하진 않지만 시우바 석유를 통째로 소유하

고 있어서 그룹에서 가장 강한 힘만 가지고 있는 시우바 회장이다.

상황이 이렇다 보니 미묘하게 다른 것 같은 위치지만 결과적으로 그 둘의 움직임이 다른 것은 어쩌면 당연했다.

재중은 한 나라를 대표하는 기업의 회장이라는 사람은 무조건 바쁘겠거니 생각했지만 기업 운영 방식에 따라 약간의 차이는 있었다.

특히 석유 관련 기업을 통째로 소유하고 있는 시우바 회장이 그랬다.

그는 의무는 없지만 권력과 힘을 모두 가지고 있는, 기업인이라면 모두가 바라는 마지막 모습이기도 했다.

하지만 정말 시우바 회장이 재중이 반가워서 직접 마중을 왔을까?

"재중 군."

"네."

"혹시 자네 결혼할 생각이 없는 겐가?"

움찔!

시우바 회장이 꺼낸 결혼이라는 말에 정작 재중은 표정 변화가 없다.

하지만 옆에 있던 천서영은 마치 무언가에 깜짝 놀란 듯 어깨가 들썩거리며 표정이 굳어 있다.

그리고 그걸 시우바 회장이 보지 못했을 리 없다.

"자네 나이 정도면 이미 한국에서는 노총각이라고 하던데……."

시우바 회장은 혹시라도 노총각이라는 말에 재중이 기분 나빠할까 봐 최대한 조심스럽게 말을 꺼냈다.

하지만 정작 재중은 별것 아닌 것처럼 대답했다.

"맞습니다. 하지만 결혼 생각은 없습니다."

"이런……."

시우바 회장은 마치 커다란 것을 잃어버린 듯 안타까운 표정을 지었다.

"자네 동생도 있는데, 오빠가 먼저 결혼을 해야 동생도 결혼을 하지 않겠나?"

나름 한국의 풍습에 대해서 많이 알아본 듯한 시우바 회장의 말이다.

하지만 재중은 웃으면서 대답했다.

"동생의 결혼은 동생의 인생이니까요. 그리고 전 저의 인생이 있습니다."

"이런, 이런. 그런 생각을 가지고 있으면 동생이 서운해할 걸세."

생각 외로 재중이 아예 결혼이라는 것 자체에 전혀 관심이 없다는 것을 시우바 회장은 지금 나눈 말 몇 마디로 눈치

챘다.

그와 동시에 천서영이 재중을 마음에 두고 있다는 것도.

천서영은 재중이 자신의 말을 거절할 때마다 마치 재중을 응원하는 듯한 눈빛을 대놓고 보내고 있었다.

그 눈빛이 얼마나 노골적인지 굳이 비즈니스로 잔뼈가 굵은 시우바 회장이 아니라도 눈치챌 수 있을 만큼 강렬했으니 말이다.

"자네는 결혼을 할 생각이 조금이라도 있긴 한 건지 걱정이 되는구먼, 늙은 나로서는."

슬쩍 재중을 걱정하는 듯한 말투로 물어보는 시우바 회장이다.

하지만 눈빛은 오히려 재중의 표정 하나까지 놓치지 않고 살펴보는 탐지기를 연상시킨다.

"글쎄요… 뭐, 인연이 닿는다면 하겠죠."

듣기에 따라서 긍정도, 그렇다고 부정도 아닌 애매모한 말이다.

시우바 회장은 날카롭던 눈빛이 누그러지더니 너털웃음을 터뜨렸다.

"허허허허헛, 역시 자네는… 대단해."

분명 재중은 거절의 뜻을 포함하고 있는 말을 했다.

그런데 이상하게 시우바 회장은 반대로 긍정했다고 느끼

게 하는 대답을 한 것이다.

보기에는 별것 아닌 것 같은 몇 마디 대화였지만, 시우바 회장에게는 나름 재중의 성격을 거의 80%는 파악하는 계기가 되었다.

또한 재중도 시우바 회장이 무엇을 노리고 왔는지 파악할 수 있었다.

재중은 새삼스레 시우바 회장이 직접 미국 일정 모두를 에스코트한다는 것에서 뭔가 묘한 느낌을 받았다.

재중이 조용히 시우바 회장을 쳐다보자,

"이런, 이런. 나 같은 늙은이를 그렇게 뜨거운 눈빛으로 쳐다보면 아무리 나라도 오해하게 되네."

너스레를 떨면서 재중의 눈빛을 슬그머니 피하는 시우바 회장이다.

재중이 그 모습을 보다 입을 열었다.

"저에 대해서 제법 많이 알아보셨나 보군요. 특히 제가 사람을 치료한다는 것까지 말이죠."

깜짝!

천서영은 재중의 갑작스런 말에 너무나 놀라서 눈만 동그랗게 떴다.

그에 반해 시우바 회장은 너털웃음을 터뜨리더니 재중의 말에 긍정을 표했다.

"하하하, 역시 자네는 대단해. 방금 몇 마디 나눈 것으로 그것까지 알아낸 것을 보면 말이야. 그렇다네. 뭐 나도 나름 정보에 대해서는 자부심이 있는 편이라서 알아보다 보니 알게 되었지."

"……."

대답은 없지만 재중의 표정에서 딱히 기분 나빠 하는 모습이 보이지 않자 시우바 회장이 계속 말을 이었다.

"세상에는 완벽한 비밀이란 없는 법이지. 특히 천서영 양이 지금까지 살아 있다는 것 하나만 봐도 말이야. 안 그런가, 재중 군?"

씨익~

재중은 시우바 회장의 말에 입가에 작은 미소를 짓더니 고개를 끄덕였다.

대답은 없지만 시우바 회장의 말에 동의한다는 뜻으로 말이다.

"사실 말을 꺼내기 좀 힘들었지만 자네가 먼저 물어봐 주니 이 기회에 물어보고 싶은데, 괜찮겠나?"

시우바 회장은 역시 사람을 상대해 본 경험이 많아서 그런지 기회를 놓치지 않고 덥석 물었다.

재중도 시우바 회장의 생각을 읽었다.

앞으로 도움을 적지 않게 받아야 할 만큼 어느 정도의 친분은 필요하다는 생각에서 일부러 먼저 카드를 내보인 것이니 거절할 생각은 없었다.

"물어보세요. 대답할 수 있는 것이라면 뭐……."

최종적으로 재중의 확실한 승낙이 떨어지자 시우바 회장은 기다렸다는 듯 입을 열었다.

"자네, 죽은 사람도 살리는 게 가능한가?"

"쿠쿠쿠쿡."

재중은 시우바 회장의 말에 작게 웃었다.

자신이 신이 아닌 이상, 아니, 대륙에서 신에 버금가는 드래곤조차도 죽은 사람은 살리지 못하는데 자신이 그런 것은 사실상 말도 안 되는 소리였으니 말이다.

"쩝. 웃지 말게나. 난 지금 진지하다네."

"어떤 정보를 갖고 계신지 모르지만 전 신이 아닙니다. 그리고 그런 능력이 있다면 오히려 전 세상에 알려지지 않았겠죠. 안 그런가요?"

"하긴… 그렇군."

시우바 회장은 자신이 너무 오버해서 앞서갔다는 것을 깨닫고는 멋쩍은 듯 입맛을 다셨다.

그러나 시우바 회장은 이내 다시 입을 열었다.

"그럼 목숨만 붙어 있다면 어떠한 상태라도 살려낼 수는 있단 말인가?"

시우바 회장의 질문은 정말 말도 안 되는 소리일지 모른다.

하지만 재중은 두 번째 질문에 가만히 시우바 회장의 눈을 보았다.

그리고 천천히 대답 대신 고개를 끄덕였다.

"허! 말도 안 돼."

시우바 회장도 혹시나 하는 생각에 최대한 가능성을 크게 보고 재중에게 물어본 것이다.

그런데 오히려 자연스럽게 그렇다고 대답하는 재중의 모습에 시우바 회장은 더욱 놀라 버렸다.

"그럼 자네의 치료술은… 병에 걸린 사람이라는 한계는 애초에 존재하지 않는다는 말이구먼."

시우바 회장이 알아본 것에 따르면 재중이 치료한 사람은 박인혜와 함께 검예가의 가주, 그리고 천서영까지였다.

사실상 병에 한해서만 치료가 된다고 말하기 조금 애매한 경우가 있기에 나름 재중의 치료술을 추리해 본 것이다.

그런데 목숨만 붙어 있다면 어떠한 상처를 입었든 어떤 병에 걸렸든 살릴 수 있다는 말을 직접 듣게 되었다.

그러자 정보로 알아온 것보다 체감상 충격이 강하게 다가왔다.

그 증거가 바로 천서영이니 믿지 않을 수도 없는 시우바 회장이다.

"천 회장이 어째서 자네 옆에 금지옥엽으로 키운 손녀를 같이 있도록 하는 건지 이해가 가는구먼."

퀸 오브 썬라이즈의 실제 주인이라는 것도 대단한 조건이었다.

언뜻 보기에는 별거 아닌 것 같지만 사용하기에 따라 재중은 천산그룹의 천 회장과 어깨를 나란히 할 만큼의 위치까지 올라갈 수도 있었다.

하지만 그건 재중이 가지고 있는 것의 빙산에 일각에 불과할 뿐이다.

정말 재중의 값어치를 빛내는 것은 바로 그의 치료술이었으니 말이다.

사실 처음 시우바 회장은 재중의 통찰력과 함께 사람을 상대로 꿰뚫어 보고 다루는 능력만 보고 대단하다고 생각했다.

만약 재중이 어느 기업의 장남으로 태어났다면 단언컨대 그 기업은 무조건 최고의 자리에 오른다고 장담할 수 있었다.

그만큼 기업인으로서 가져야 할 모든 것을 가지고 있었으니 말이다.

하지만 천 회장과 재중이 만나는 것을 직접 옆에서 본 시우바 회장은 천 회장이 이상할 정도로 재중에게 공손한 모습에 의구심을 느꼈다.

결국 그는 브라질로 돌아가자마자 나름대로 재중에 대해

서 조사하기 시작했다.

특히 브라질 정부에 입김이 강하게 닿아 있는 시우바 회장이다. 그런 그가 천 회장보다 더욱 자세한 정보를 얻을 수 있는 것은 당연했다.

사실 재중이 철저하게 비밀에 붙이지도 않았으니 어차피 알려지긴 할 정보이기도 했다.

재중은 만약에 알려진다고 해도 그걸 곧이곧대로 믿을 사람이 없을 것이라 판단했다.

또한 원한다면 자신에 대해 알고 있는 모든 사람의 기억을 흐리게 만들 수 있다는 자신감도 있었기에 적당히 덮어둔 정도이다.

사실 시우바 회장도 재중이 죽어가던 사람을 멀쩡하게 살렸다는 말을 듣고는 이걸 믿어야 할지 말아야 할지 쉽게 판단지 서지 않았다.

그랬으니 재중의 판단이 그리 틀린 것도 아니다.

하지만 결정적으로 시우바 회장을 움직인 정보가 있었다. 바로 천서영에 관한 것이었다.

그리고 결국 그것으로 인해 시우바 회장이 직접 재중을 마중 나오게 된 것이다.

"그럼 그것도 사실이겠군. 사람을 치료할 때마다 자네의 생명이 줄어든다는 것 말이야."

아는 사람이 정말 적은 내용이지만 재중은 조용히 고개를 끄덕였다.

어차피 한 배를 탔다면 어느 정도는 자신에 대해서 알려줘야 상대도 믿음을 가지고 다가온다.

그것은 이미 길거리 생활을 하던 아주 어린 시절부터 몸으로 겪어서 알고 있었으니 말이다.

"음……."

자신이 알아본 정보가 거의 99% 정확하다는 것은 맞는 듯했다.

하지만 역시나 기업인답게 직접 눈으로 보기 전까지는 100% 재중에 대한 정보를 신뢰하지 않는 눈빛을 보인 시우바 회장이다.

재중이야 자신의 말을 믿든 말든 그건 시우바 회장의 선택이니 별로 신경 쓰진 않았지만 말이다.

"그럼… 이번에 신승주라는 사람을 치료할 때 나도 옆에 있어도 되겠는가?"

사실 시우바 회장은 지금 거의 억지로 지금 미국 일정에 끼어든 거나 마찬가지였다.

그래서 시우바 회장 나름대로 최소한의 승낙을 위해서 재중에게 물어보는 것이다.

누가 봐도 이번 미국 일정의 리더는 재중이었으니 말이다.

"……"

아주 잠깐 재중이 침묵하자 시우바 회장은 긴장하기 시작했다.

사실 지금 이 대답을 듣기 위해서 자신이 직접 움직였다고 해도 과언이 아니다.

그리고 대답 여부에 따라 재중에게 자신이 얼마나 가까이 다가가 있는지 판단하는 기준도 된다.

시우바 회장으로서도 자연스럽게 긴장할 수밖에 없었다.

"상관은 없습니다만… 밖으로 새어 나가지 않았으면 합니다, 시우바 회장님."

재중이 나직하게 승낙하자 시우바 회장은 그제야 입가에 화사한 웃음을 지었다.

시우바 회장은 강하게 고개를 끄덕이면서,

"걱정 말게. 이래 봬도 평생 비즈니스를 했던 몸이니 말이야. 신용과 약속은 목에 칼이 들어와도 지켜야 한다는 것쯤은 잘 알고 있네."

만약 재중의 치료술이 정치권이나 권력자에게 알려진다면 전쟁이 일어날지도 모를 일이다.

목숨만 붙어 있다면 누구든 살릴 수 있다.

이 말은 권력자들에게는 여벌의 목숨이나 마찬가지다.

어떠한 상황에도 자신은 살 수 있다는 보증수표나 마찬가지이니 말이다.

수명이 깎인다고는 하지만 권력의 정점에 있는 사람만 살린다고 가정해도 최소 재중이 살릴 수 있는 사람의 숫자는 수십 명이다.

죽을병에 걸리는 경우가 극히 드문 것을 고려한다면 말이다.

재중의 치료술은 최악의 경우 전쟁까지 벌일 만큼 충분한 값어치가 있는 것이다.

물론 그랬다가는 그런 욕심을 부린 대가를 철저하게 몇 배로 되돌려 받아야겠지만 말이다.

힘이 없이 사람을 살리는 능력만 있었다면 재중도 사실 모습을 드러내지 않았을지도 모른다.

힘없는 능력은 오히려 저주라는 것을 누구보다 잘 알고 있는 재중이니까.

"그럼 오늘은 잠시 쉴 텐가, 아니면 바로 신승주라는 사람에게 갈 텐가?"

같이 있어도 좋다는 말에 시우바 회장은 살짝 흥분한 듯했다.

그래도 연륜이 있는지 최대한 스스로를 제어하는 모습이다.

"아케디아가 많이 먼가요?"

재중은 신승주가 현재 머물고 있는 곳이 LA 동북부에 있는 아케디아라는 곳임을 알고 있었다.

재중이 묻자,

"음, 오늘 하루 만에 가기에는 조금 무리가 있긴 하지."

시우바 회장은 아케디아 내쇼날 파크까지의 거리를 잠시 생각하더니 고개를 저었다.

미국 땅이 워낙에 넓다 보니 한국에서 생각하는 것처럼 몇 시간 만에 갈 수 있는 거리가 아니었다.

"그럼 쉬었다 가죠."

재중이 생각할 것도 없이 쉬었다 가는 걸로 결정했다.

바로 일행의 목적지는 곧바로 적당한 위치에 있는 호텔로 정해져 버렸다.

이곳의 모든 결정권은 재중이 가지고 있으니 말이다.

하지만 역시 부자들은 뭐가 달라도 다르다.

호텔에 들기까지 겨우 한 시간 남짓 시간적 여유가 있었을 뿐이다.

일반적으로 그 시간에 무언가 한다는 게 힘들 만큼 짧은 여유였음에도 불구하고 재중이 도착한 곳은 여러 유명인이 묵어간 것으로 유명한 호텔이었다.

평소 예약을 하지 않으면 방 잡는 것 자체가 거의 불가능하다는 호텔이지만 보란 듯이 스위트룸이 잡혀 있었다.

그것도 무려 네 개나 말이다.

하나는 재중이, 하나는 천서영, 다른 하나는 시우바 회장이 머물 방이었다.

그리고 나머지 하나는 지금 시우바 회장의 보호를 위해 같이 따라오고 있는 두 대의 차량에 탑승한 경호원들이 머물 방이다.

"그럼 편히 쉬게."

시우바 회장이 재중을 방에 안내하고는 모두 데리고 밖으로 나갔다.

그제야 재중은 혼자만의 시간을 가질 수가 있었다.

스위트룸이라고 했지만 재중이 보기에는 로열룸이라고 해도 믿어졌다.

그만큼 호텔은 화려하면서도 모든 것이 질서정연하게 꾸며져 있었다.

특히나 복층으로 나누어져 있는 방의 구조가 재중에게는 인상적이었다.

"야경이 멋지군."

커다란 창문으로 보이는 야경을 바라보며 재중이 중얼거렸다.

창문을 열고 밖으로 나가 발코니에 서자 아래와 다른 차운 바람이 볼을 간질인다.

"꽤 높네."

아래로 지나다니는 자동차들이 손톱보다 작게 보일 만큼 까마득한 높이였다.

하지만 슬쩍 아래를 한번 내려다본 것으로 호텔 구경은 끝이었다.

"테라."

—네, 마스터.

재중이 부르자 기다렸다는 듯 그림자에서 튀어나온다.

테라의 옷차림은 온몸에 착 달라붙는 트레이닝복에 가볍게 머리를 묶은 포니테일이다.

물론 재중을 향해 눈웃음을 지으면서 애교를 부리는 것은 당연했고 말이다.

"별일은?"

—아무런 일 없이 평소와 같은 하루였어요, 마스터.

"그래."

재중도 딱히 무슨 일이 있을 거라고는 생각하지 않았다.

하지만 그래도 자신이 떠나온 이상 걱정이 되는 것은 어쩔 수가 없었다.

그런데 테라가 슬쩍 재중 앞으로 오더니,

—마스터, 여기 분위기 좋네요.

슬그머니 재중에게 팔짱을 끼고는 마치 고양이처럼 재중

의 옆자리를 파고드는 것이다.

테라 같은 미녀가 먼저 다가왔지만 재중에게 그런 테라의 행동은 대륙에서 지낼 때부터 너무나 습관적일 만큼 자주 있는 일이었다.

때문에 딱히 반응할 일도 없다.

—마스터, 천서영과 결혼하시는 건 어때요?

"……?"

뜬금없는 테라의 말에 재중이 슬쩍 고개를 돌려 테라를 바라봤다.

—뭐, 마스터에게는 그깟 인간의 재력은 별거 아니겠지만, 객관적으로 봐서 작은 마스터께서 수명을 다하는 날까지 많은 도움이 되지 않을까 해서요.

지극히 논리적으로 생각한 테라이다.

천서영과 결혼해서 재중이 천산그룹에서 능력을 발휘한다면?

까짓것, 천 회장의 뒤를 이어서 천산그룹을 손에 넣는 것도 그리 어려운 일도 아니다.

특히나 천산그룹은 천 회장의 카리스마가 워낙에 강하다 보니 천 회장이 죽은 이후 이어갈 사람이 딱히 눈에 띄지 않는 부작용까지 있는 상태였다.

이럴 때 재중이 능력을 발휘한다면 사실상 충분하다고 생각한 것 같았다.

하지만 그런 테라의 말에 재중은 쓴웃음을 지어 보이면서 대답했다.

"결국 그건 천서영이라는 여자를 불행하게 하는 일일 뿐이야."

─뭐, 그거야 그렇지만… 여자에겐 자기가 좋아하는 남자와 사는 것도 하나의 행복이지 않을까요?

테라는 여성체이긴 하지만 아무래도 드래곤이 만들어낸 인공의 인격이라는 약점이 있었다.

그러다 보니 인간 여성의 미묘한 심리를 아직 다 파악하기에는 무리가 있었다.

거기다 드래곤 특유의 논리적이면서도 자기중심적인 성격까지 그대로 닮아 있는 테라이기에 더더욱 그럴지도 몰랐다.

"어차피 난 자식을 낳지 못하는 이상 의미가 없는 짓이지."

─…마스터…….

재중이 결혼을 하지 않는 것은 바로 이것이 가장 큰 이유이기도 했다.

마법 실험으로 만들어진 몸, 드래곤 블러드로 인해 강화된 신체, 마지막으로 나노 오리하르콘으로 인해 끝없이 진화하는 능력까지.

모두 가진 재중이지만 단 하나 문제가 있었다.

그것은 바로 생식 능력은 있지만 자손을 낳는 것은 불가능한 몸이 되어버렸다는 것이다.

마치 신이 인공적으로 괴물을 만들어내는 것까지는 허락했지만 뒤를 이어 자식이 생기는 것은 허락하지 않은 것처럼, 드래곤 블러드에 몸이 적응하면서 재중에게 그 누구도 알지 못한 부작용이 생겼다.

바로 고자가 되어버린 것이다.

어떤 이유에서인지는 도무지 알 수가 없었다.

인간이 드래곤의 피에 적응한 것만으로도 기적에 가까운 확률이니 그 당시에는 그저 성공했다는 생각뿐이었다.

당연히 재중도 자신이 고자라는 것을 전혀 인지하지 못했다.

하지만 재중은 대륙에서 끝없는 싸움을 하면서 스트레스를 풀기 위해 대륙의 여자들과 잠자리를 한 적이 많았다.

물론 대륙의 생활 수준으로 피임이라는 것은 어림도 없었다.

그리고 당시 재중도 그런 것에 신경 쓸 정도로 정신적으로 여유롭지 못했기에 그냥 잠자리를 했다.

그런데 무려 100년 동안 헤아릴 수 없을 만큼 많은 잠자리를 했지만 단 한 번도 여자가 임신을 한 적이 없는 것이다.

뒤늦게 테라와 흑기병의 합류로 어느 정도 여유가 생겨 이상함을 느끼고 사정을 알아봤다.

그 결과 자신의 몸은 모든 생식 기능이 정상이지만 단 하나, 자식을 낳을 수 없는 몸이 되었다는 것이다.

—마스터, 제가 꼭! 어떻게든지 마스터의 몸을 정상으로 돌려놓을 방법을 찾을게요! 어떻게든요!

테라는 재중을 보며 강하게 다짐했다.

하지만 그런 모습에 재중은 피식 웃으면서 테라의 머리를 쓰다듬어 주었다.

"괜찮아. 어차피 세상에 공짜는 없는 법이니까. 내가 얻은 이 힘의 대가라고 생각하면 돼."

—하지만… 마스터는 억울하잖아요.

재중은 정당한 거래를 했다고 하지만 테라가 보기에 결국 손해는 재중이 본 것이나 마찬가지였다.

드래고니안과 100년 동안 싸워서 대륙을 멸망의 길에서 구해냈다.

하지만 대가로 얻은 힘이 무색할 만큼 남자로서의 중요한 것을 잃어버렸으니 말이다.

테라가 아무리 만들어진 생명체이지만 인간에게 자손을 남기는 것이 얼마나 중요한 의미가 있는지는 잘 알고 있었다.

하지만 테라의 걱정과 달리 재중은 딱히 자신이 자식을 낳지 못하는 몸이라는 것에 그다지 충격을 받거나 하진 않았다.

워낙에 삶 자체가 치열했으니 그런 걱정은 재중에게 하나의 사치나 마찬가지였다.

부모님이 돌아가신 후 재중은 바로 다음 날 걱정을 해야 했다.

고아원을 뛰쳐나와서는 당장 오늘 먹을 끼니를 걱정해야 했다.

그리고 대륙에서는 언제 드래고니안과의 싸움에서 패해 죽을지 모르는 삶을 살았다.

그러니 자식을 낳지 못하는 몸이라는 것을 걱정할 여유가 없는 건 당연했다.

"그보다 연아는 어때?"

재중이 미국으로 오면서 완전히 카페 운영에서 손을 떼어 버렸기에 궁금하지 않을 수 없었다.

재중의 질문에 테라가 답했다.

―작은 마스터의 의욕이 대단하던데요. 벌써 카페에 뭔가 변화를 주려고 고민하고 있으니까요.

"벌써? 후후훗, 뭐 그렇겠지. 시작하면 끝을 보는 것은 나와 같으니까 말이야."

재중도 그렇지만 시작한 이상 끝을 보는 것은 연아도 마찬가지였다.

거기다 마켓을 운영하면서 코흘리개 시절부터 물건을 사고파는 것에 익숙한 연아이니 말이다.

"잘하겠지."

―마스터, 그런데 정말 카페를 작은 마스터에게 주실 거예요?

"응. 어차피 난 연아가 시집가서 잘사는 모습만 보면 되니까 말이야."

―아직 작은 마스터께서는 마스터의 그런 사정을 모르시니…….

테라도 연아가 재중을 장가보내려고 고민한다는 것을 잘 알고 있다.

하지만 딱히 그걸 응원할 수가 없는 것이 재중 본인이 전혀 결혼에 대한 생각이 없으니 말이다.

"굳이 말할 필요는 없잖아. 혼자 하다가 내가 반응이 없으면 그만두겠지. 그리고 좋은 사람 만나면 알아서 시집갈 테니, 뭐."

재중은 자신이 반응을 하지 않는다면 연아가 먼저 지쳐서 그만둘 것으로 생각하고 있다.

아무리 고집에 세고 끈질기다고 해도 결혼이라는 문제는 주변에서 안달한다고 해결되는 문제가 아니니 말이다.

"그만 가서 쉬어라."

간략하게 보고만 들을 생각으로 부른 것이기에 바로 테라를 돌려보냈다.

다시 방으로 들어온 재중은 가볍게 샤워를 하고 편한 옷으로 갈아입었다.

어차피 패션에는 거의 테러 수준으로 옷을 막 입는 재중이다.

편한 옷으로 바꿔 입었다고는 하지만 남들이 보기에는 그저 비슷한 수준이었다.

Chapter 08
호텔 카지노

땅～

"……?"

모든 것을 끝내고 자리에 누울까 하는 찰나, 벨이 울렸다.

나가보니 수수하면서도 몸매가 나름 잘 드러나는 옷을 입은 천서영이 서 있다.

"여기 호텔 지하에 카지노가 있다는데 한번 가보지 않으실래요?"

"카지노라……."

사실 딱히 호텔에서 할 일도 없었기에 잠이나 잘까 하던 재중이다.

천서영이 카지노라는 말을 하자 호기심이 생겼다.

평생 카지노를 갈 일도 없었지만 딱히 갈 이유도 없어서 별 생각이 없었는데 이야기를 들으니 궁금해졌다.

특히나 한국에서 내국인이 갈 수 있는 카지노는 정선에 있는 카지노뿐인데 그곳은 워낙에 악명이 자자하다 보니 재중으로서도 꺼려지는 게 있다.

하지만 이곳은 미국이고 호텔 지하에 있는 카지노는 호텔의 투숙객만 들어갈 수 있다고 한다.

뭔가 가볍게 다녀온다는 느낌도 들어 천서영을 따라나서기로 했다.

"재중 씨는 카지노가 처음이에요?"

"네."

"아, 그렇구나. 그럼 블랙잭이나 슬롯머신 같은 것은 전혀 모르시겠네요?"

사실 재중은 카드게임의 룰도 모르고 있다.

흔히 학창 시절에 트럼프 카드로 자주하는 원카나 포커도 해본 적이 없다.

"해본 적이 없으니까요."

"정말요? 그럼 포커도 해본 적이 없어요?"

"네."

너무나 간단하게 대답하는 재중에 천서영은 믿을 수 없다는 듯한 표정을 지었다.

아직 천서영은 재중의 삶에 대해서 잘 모르고 있었다.

그래서 초등학생만 되어도 수학여행에서 꼭 한 번은 하게 되는 원카와 포커도 모른다는 게 믿기지 않았다.

하지만 재중의 성격상 거짓말은 하지 않는 것을 잘 알기에 믿을 수밖에 없었다.

"와, 호텔 카지노라고 단순하게 생각할 게 아니네요."

천서영은 이미 과거에 라스베가스의 카지노를 몇 번 간 적이 있기에 어느 정도 카지노에 대해서는 알고 있었다. 그래서 호텔 카지노가 좋아봐야 얼마나 좋을까 하는 선입견이 있었다.

하지만 호텔의 투숙객이라는 증거인 방 키를 보여주고 들어선 카지노는 기대 이상이었다.

라스베가스와 비교해도 결코 뒤떨어지지 않는 크기와 수준이어서 놀라움을 감추지 못한 것이다.

띠리리리리!! 띠링!! 촤라라라라!!

겨우 문 두 개를 지났을 뿐인데 조금 전 호텔의 분위기와 완전 다른 카지노의 모습에 재중도 나름 신선한 느낌을 받았다.

하지만 곧 재중의 눈이 살짝 찌푸려졌다.

'욕망과 욕심이 극명하게 드러난 곳이 카지노였구먼.'

인간의 오라를 보면서 감정을 알 수 있는 재중이다.

재중의 눈에 보인 카지노에 있는 대부분의 사람, 정확하게는 이곳 카지노의 직원을 제외한 모든 사람이 뿜어내는 오라는 공통적으로 한 가지뿐이었다.

욕망과 욕심이다.

"이거 해봐요~"

카지노의 시끄럽지만 묘하게 사람을 흥분시키는 분위기에 바로 취해 버린 듯 천서영이 재중의 손을 덥석 잡고는 이끌었다.

그녀가 이끈 곳은 커다란 탁자에 숫자판이 있고 한쪽에 원형의 룰렛이 있는 곳이었다.

"이거 룰렛이라는 건데, 저 딜러가 구슬을 던져서 들어가는 번호를 맞히는 거예요. 어때요?"

같이 하자는 뜻으로 물어보자 재중이 작게 고개를 끄덕인다.

"잠시만요. 칩을 바꿔 올게요."

재중이 무언가 해준다는 것이 마냥 좋은지 천서영이 미소를 지으며 딜러를 불러 뭐라고 몇 마디 했다.

곧장 재중과 천서영 앞에 칩이 놓였다.

"요즘은 이렇게 딜러가 바로 환전도 해주거든요 자, 이제 걸죠."

천서영의 말이 끝나자마자 딜러가 구슬을 룰렛에 던졌다.

"저 구슬이 멈추기 전까지 배팅을 끝내야 해요. 어서 배팅해요."

딱~

천서영은 딱히 돈을 따겠다는 생각은 없는지 대충 눈앞에 보이는 번호에 100달러짜리 칩을 올려놓았다.

재중은 룰을 모르기에 천서영을 따라 같은 번호에 100달러짜리 칩을 올려놓았다.

그리고 빠르게 돌던 구슬이 천천히 속도가 느려지더니 수많은 번호를 지나치기 시작했는데,

"어머?"

정말 운이 좋은 건지 카지노에 들어와서 가장 처음 한 게임인 룰렛에서 이겨 버렸다.

어쩌다 보니 번호 한 개를 지정해서 놓았는데 칩의 번호에 구슬이 멈춘 것이다.

번호 한 개를 지정해서 맞힐 경우 배당은 무려 36배였다.

100달러를 걸었으니 3,600달러를 받는 것이다.

거기다 재중과 천서영 둘이 배팅했기에 각자 36배를 받게 되었으니 둘이서 합치면 무려 7,200달러이다.

겨우 200달러가 순식간에 몇 배가 되어 돌아온 것이다.

딜러도 딱히 큰 금액이 아니라서 그런지 웃으면서 배당금 칩을 포함해서 칩을 줬다.

그걸 받은 천서영은 잠시 멍하니 재중을 쳐다보다 자신이 딴 칩을 보고는 함박웃음을 지었다.

사실 룰렛은 배팅한 사람이 이기기 힘든 확률 게임이다.

카지노의 도박 게임 자체가 모두 이기기 힘든 확률 게임이긴 하다.

하지만 특히 룰렛은 보기에는 엄청 쉽고 뭔가 딸 수 있을 것 같은 느낌을 주지만 확률적으로 보면 슬롯머신보다 이기기 힘든 게임이다.

그런데 그런 룰렛에서 처음 배팅해서 무려 36배를 이겼으니 기분이 좋은 건 당연했다.

"이겼어요! 우리가 이겼어요!"

순간 얼마나 좋았는지 천서영은 자신도 모르게 재중의 품에 안기면서 좋아했다.

"헛!"

천서영은 뒤늦게야 정신이 들었는지 화들짝 놀라면서 떨어졌다.

"미, 미안해요. 너무 좋아서."

"괜찮아요."

재중이야 뭐 천서영이 안긴다고 딱히 흑심이 생기지도 않기에 별것 아닌 것처럼 말했다.

하지만 순간 재중의 그런 무신경한 말이 오히려 살짝 서운한 천서영이다.

그래도 자기 정도면 어느 정도 괜찮은 여자라고 스스로에게 어느 정도 자신감이 있었는데 그것이 허무할 만큼 무심했으니 말이다.

이렇게 대놓고 대시하는데도 마치 천년 묵은 소나무처럼 변함이 없으니 말이다.

하지만 곧 룰렛 게임에 빠져들어 재중에 대한 섭섭함도 잠시 잊어버린 천서영이다.

물론 한 시간 뒤 남은 것은 빈손이 되어버린 천서영이지만 말이다.

"하아, 역시 도박은 결국 다 잃는 거군요."

사실 돈을 잃겠지만 재미있게 잃는다는 생각으로 찾아온 카지노이다.

하지만 막상 처음에 땄던 돈은 물론이거니와 바꾼 돈까지 모두 잃은 천서영은 조금은 허탈한 표정이다.

물론 재중은 천서영을 따라다니며 구경만 했으니 처음 룰렛으로 딴 돈을 모두 그대로 가지고 있다.

"재중 씨는 안 하세요?"

아직 칩이 그대로인 재중의 손을 본 천서영이 물었다.

"음, 뭘 해야 할지 모르겠네요."

"헛!"

그제야 천서영은 자기 기분에 취해 혼자 돌아다니면서 칩을 걸고 게임을 했다는 사실을 깨달았다.

그리고 혹시나 재중에게 자신이 도박에 빠진 여자로 보였을지 모른다는 생각에 슬쩍 재중의 눈치를 봤다.

그런 천서영의 눈빛을 읽은 재중이 살짝 웃었다.

"괜찮아요. 재미있어 보이던데요."

"미안해요. 제가 오자고 하고는… 저 혼자 즐겼네요."

처음에 룰렛에서 이기는 바람에 순간 애초에 카지노에 온 목적을 잊어버린 것이다.

본래 목적은 재중과 오붓하게 게임을 하면서 조금이라도 재중과 친밀하게 되는 것이었다.

그런데 그만 36배를 따는 바람에 본래의 목적을 잊고 게임에 빠져 버린 것이다.

거기다 시계를 본 재중은,

"이제 제가 가진 거 한 번에 다 걸고 올라가죠. 내일도 오랫동안 차를 타야 하는데……."

"그, 그게… 조금만 더……."

한 것도 없는데 올라가자는 것이다.

하지만 재중을 붙잡으려던 천서영은 차마 마지막 말을 하지 못했다.

여기서 게임을 더 하자고 하면 정말 카지노에 빠진 여자처럼 보일지도 모르니 말이다.

도박을 좋아하는 여자를 사랑할 남자는 세상에 없을 것이다.

그건 천서영 본인이 더 잘 알고 있다.

"여기에 걸죠."

재중은 결국 처음 3,600달러를 땄던 룰렛으로 돌아왔다.

배팅에서 딴 3,600달러와 처음에 가지고 있던 1,000달러까지 합쳐서 4,600달러를 몽땅 12번 번호 하나에 올인해 걸었다.

"헉! 재중 씨?"

말이 4,600달러이지 한화로 하면 거의 470만 원이다.

결코 적은 돈이 아닌 것이다.

하지만 애초에 처음 게임을 시작할 때부터 재중은 자신의 돈이라고는 땡전 한 푼 들이지 않은 상황이다.

재중은 갈 때도 빈손으로 가겠다는 생각으로 다 걸어버렸다.

카지노에 온 지도 제법 되었고 이제 쉬어야겠다는 생각에 정말 아무런 생각 없이 고른 번호가 바로 12번이다.

"레이아웃!"

재중이 12번에 올인하고 나자 딜러가 곧바로 배팅 금지를 알렸다.

당연히 룰렛에 있는 사람들의 시선이 쇠구슬에 집중되었다.

100~500달러를 거는 사람은 흔하진 않지만 그래도 가끔 있는 편이기에 그냥 그러려니 한다.

하지만 무려 4,600달러나 모두 번호 하나에 올인하는 것은 상식적으로 봐도 그냥 돈을 버리겠다는 말과 다를 바가 없었다.

룰렛을 조금이라도 아는 사람이라면 지금 재중의 모습은 돈을 버리는 것이나 마찬가지였기에 사람들의 시선이 집중되는 것은 당연했다.

그런데,

"말… 도… 안… 돼…….."

구슬이 멈추고 나서 확인한 천서영은 너무나 놀라서 재중을 보며 말까지 더듬었다.

"12번이야!! 어떻게… 이런 일이……!"

"와우!!"

룰렛에 있는 사람들의 함성과 요란한 반응에 순식간에 주변 사람들이 몰려들었다.

이번 게임에서 12번을 고른 사람은 유일하게 재중 혼자였다.

그의 배팅 금액을 확인한 사람들은 더더욱 놀랐다.

36배의 배팅에서 이긴 재중이 받을 돈은 무려 165,600달러이다.

한화로 계산하면 대충 1억 7천만 원. 결코 무시할 수 없는 금액인 것이다.

그런데 사람들의 반응에도 재중은 별다른 반응을 보이지 않았다.

그저 잠시 무심하게 칩을 바라보다 딜러를 보았다.

"계속하시겠습니까?"

재중이 이대로 게임을 그만둬 버리면 딜러가 고스란히 뒤집어써야 했다. 딜러는 웃고는 있지만 눈은 굳어 있었다.

"36번 올인."

"헉!!"

"와우!!"

"남자다, 남자!!"

뜻하지 않게 평생 한 번 볼까 말까 한 구경거리에 순식간에 사람들이 구름떼처럼 몰려들었다.

하지만 재중의 옆에 있는 천서영은 재중의 소매 끝을 잡고 살짝 당기고는 작게 속삭였다.

"재중 씨, 그냥… 반만 걸어도……."

옆에서 재중을 지켜본 천서영은 165,600달러를 올인하는 재중의 행동이 용기가 아니라 객기로밖에 보이지 않았다.

아니, 이건 누가 봐도 객기나 마찬가지였으니 천서영으로 서는 말릴 수밖에 없었다.

하지만 그런 천서영에게 재중은 아무렇지 않은 듯한 표정 으로 말했다.

"즐기러 온 거라면 모두 잃더라도 상관없지 않나요?"

오히려 즐거우면 그만이라는 듯 말하니 아니라고 하기도 애매해진 천서영이다.

"그야… 그렇긴 하지만……."

확실히 처음 천서영이 재중을 꾀어서 카지노에 왔을 때는 그저 즐기자는 생각이었다.

그렇기에 각각 1,000달러씩 준비해 게임을 시작한 것이다.

카지노에서 나름 적당히 놀려면 그 정도 돈은 있어야 한다 는 것을 이미 경험이 있는 천서영은 알고 있었다.

그러나 거기까지뿐, 더 이상은 칩을 교환하지 않았다.

하지만 바로 눈앞에 쌓여 있는 칩은 아무리 천서영이라도 욕심이 생길 수밖에 없었다.

한화로 무려 1억 7천만 원의 가치가 있는 칩이었다.

사실 그걸 아무렇지 않게 보는 재중이 이상하게 보일 정도 이다.

"더 이상 없으십니까?"

재중 외에 그 누구도 게임에 참여하지 않자 딜러가 몇 번 외쳤다.

하지만 아무도 게임에 참가하는 사람은 없었다.

평생 한 번 볼까 말까 한 게임인데 여기에 참여했다가는 오히려 지금의 흥미진진한 게임의 재미가 반감된다는 것을 알고 있는 듯 말이다.

어차피 이곳 호텔에 투숙하는 고객들은 돈을 따기 위해서 이곳 호텔 카지노에 오는 것이 아니다.

그저 즐기러 왔을 뿐이기에 딜러와 재중의 1:1 대결을 원하는 것이다.

도르르륵!!

"레이아웃!"

딜러도 더 이상 사람들이 참여하지 않을 것 같아 보였는지 구슬을 룰렛에 던지자마자 바로 배팅 마감을 외쳤다.

도르르르르르르륵!

탁탁탁, 탁탁탁!!

수십 명의 시선이 집중된 룰렛에서 돌아가던 쇠구슬이 천천히 힘을 잃어갔다.

하지만 힘을 잃어가는 구슬과 달리 그걸 지켜보는 사람들의 눈빛은 오히려 강해져 갔다.

그리고 마침내 룰렛의 구슬이 멈추는 순간,

"······."

한순간 룰렛에 모여 있던 사람들의 시선이 재중을 향했다.

그리고 그 누구도 쉽게 입을 열지 못했다.

하지만 이런 분위기에서도 꼭 입을 열어야 하는 사람이 한 명 있다.

"···36번, 승리하셨습니다."

"꺄악!!"

"믿을 수 없군. 이건······."

"평생 한 번 보기 힘든 게임을 봤어!!"

연속으로 두 번이나 36배 배팅에 성공한 것이다.

그것도 165,600달러를 올인해서 말이다.

그 결과 이번에 재중이 받는 돈은 무려 596,100달러이다.

대충 한화로 계산하면 무려 6억1천만 원이다.

"재, 재중 씨······."

돈을 다 날린다고 생각하던 천서영도 이번만큼은 재중을 바라보는 눈빛이 거의 몽롱해질 정도였다.

반면 모두의 시선이 재중에게 쏠려 있는 것과 달리 연속으로 2번이나 36배를 맞추는 재중의 모습에 딜러는 그만 모든 것을 놓아버린 듯한 표정이었다.

카지노 역사상 처음 있는 일이었으니 말이다.

당연히 딜러가 받은 정신적인 충격도 대단히 클 수밖에 없었다.

재중의 액수가 워낙에 크다 보니 카지노 상황실에서도 지켜보고 있다가 결국 보다 못해 딜러 교체를 결정할 수밖에 없었다.

결국 룰렛의 딜러가 교체되더니 굉장한 미모의 여성 딜러가 자리를 잡고 재중에게 물었다.

"계속하시겠습니까? 원하신다면 무제한으로 가능합니다."

방금 전 교체된 딜러는 재중의 1억 원 상당의 칩에도 식은 땀을 흘리면서 부담스러워했었다.

그런데 방금 교체되어 온 미모의 여성 딜러는 6억 원 상당의 칩을 보면서도 눈동자가 조금의 흔들림도 없이 편안해 보인다.

사실 이곳에서 1~2억 정도는 충분히 오가는 돈이기에 일반적인 딜러여도 상관없었다.

하지만 재중의 경우는 상황이 조금 달랐기에 카지노 최고의 실력자가 나선 것이다.

룰렛에서, 그것도 딜러가 던지는 쇠구슬이 멈추는 곳을 맞히는 것은 사실상 한 번도 불가능에 가깝다.

그런데 그걸 연속으로 두 번이나 맞혔으니 딜러가 받는 정신적인 충격은 엄청났다.

만약에 여기서 세 번째도 재중이 이기게 된다면 재중을 상대한 딜러는 영원히 카지노를 떠나야 할지도 몰랐다.

어쩔 수 없이 딜러를 교체한 것이다.

사실상 이곳 호텔에 투숙하는 사람들의 위치를 보면 재중이 게임을 그만둔다고 해도 딱히 호텔에서 제제를 가할 수도 없는 입장이다.

거기다 이미 재중이 투숙하는 방을 계산한 사람이 시우바 그룹의 회장이라는 말을 들었으니 더더욱 그러했다.

그러다 보니 카지노 쪽에서는 최고의 실력과 미모를 가진 여성 딜러를 내보내 재중을 잡으려는 것이다.

돈의 액수를 떠나 이건 카지노의 명예가 달린 일이었다.

"올인~ 올인~"

미녀 딜러로 바뀌었기 때문일까?

재중이 조용히 칩 앞에 가만히 서 있자 누군가가 '올인'이라고 연속해 말했다.

그러자 삽시간에 말이 번져 천서영을 제외한 모두가 재중을 향해 올인하라고 재촉했다.

"재중 씨, 그냥 가죠?"

천서영이 이 정도면 충분히 재미있었다고 하면서 재중의 소매 끝을 잡아당겼다.

하지만 재중은 딜러를 한 번 보더니,

"1번 올인."

간단하게 한마디 했다.

"와!! 또 올인이다!!"

"대단한 사람이야."

"말도 안 돼!! 이건 평생 한 번 볼까 말까 한 게임이야!"

이제 룰렛 게임 판에는 오직 미녀 딜러와 재중 단둘만이 게임을 하는 상황이 벌어졌다.

미녀 딜러가 형식적으로 주변을 둘러보면서,

"다른 분은 참가하지 않으시겠습니까?"

라고 말하자 누군가가 외쳤다.

"이런 빅게임에 끼어들어서 재미를 반감시킬 사람은 없을 겁니다!"

"그렇지. 평생에 한 번 볼까 말까 한 게임인데 말이야."

애초에 돈을 따기 위해서가 아니라 그저 즐기기 위해서 온 사람들이다 보니 재중과 딜러의 흥미진진한 대결을 원할 뿐이다.

"그럼 시작하죠."

미녀 딜러의 손에서 구슬이 떨어지자마자 역시나,

"레이아웃!"

이라는 말이 바로 튀어나왔다.

어차피 재중 외에는 그 누구도 참여하지 않을 게임인 것은 모두가 알고 있는 사실이다.

또르르르륵.

탁탁탁, 탁탁, 탁, 탁, 탁, 탁.

보기에는 조금 전 딜러와 별다를 게 없는 듯하다.

사실 바뀐 미녀 딜러는 자신이 원하는 번호를 지정해서 구슬을 멈출 수는 없다.

하지만 비슷한 번호 대에는 충분히 구슬을 멈출 수 있는 기술을 가지고 있었다.

그리고 그녀는 재중이 1번을 외치는 순간 1번에 맞은편에 있는 가장 먼 번호를 정하고 구슬을 던졌다.

씨익~

미녀 딜러는 이번에는 자신이 이겼다는 확신에 찬 미소를 지어 보였다.

재중은 그런 그녀의 미소를 보았지만 어차피 이 돈은 자신의 것이 아니라고 생각하고 순수하게 배팅을 즐기는 중이다.

하지만,

"……"

"……"

룰렛을 돌던 구슬이 멈추는 순간 마치 오디오의 음향을 꺼

버린 듯 룰렛 주변으로 정적이 감돌기 시작했다.

그리고 모두의 시선이 모인 곳은 당연히 재중이 있는 곳이다.

"…1번… 당신이… 승리… 하셨습니다."

"원더풀!!"

"언빌리버블!!"

"말도 안 돼. 트리플로… 36배 배팅에 성공하다니… 이건… 있을 수 없는 일이야."

도저히 있을 수 없는 일이 벌어지고 만 것이다.

무려 세 번 연속 36배 배팅에 성공한 사람이 탄생한 순간이다.

호텔 카지노가 생긴 이래 단 한 번도 없던 기적의 사나이가 나타난 것이다.

반면 지금 재중의 게임을 지켜보는 카지노 측에서는 머리를 쥐어뜯는 사람이 있었다.

"말도 안 돼!! 세 번 연속이라니!! 셀리가 직접 갔는데 그걸 맞혀? 있을 수 없는 일이야!!"

보안을 총 책임지는 크리스는 미녀 딜러 셀리가 구슬을 놓는 순간부터 재중을 집중적으로 살펴봤다.

하지만 재중은 손가락 하나 까딱하지 않고 서 있기만 했다.

거기다 재중이 있는 곳은 룰렛에서 가장 먼 곳이었다.

일반적으로 룰렛에 장난을 치는 사기꾼들이 서는 곳에서 가장 먼 곳이다.

그리고 재중이 입고 있는 옷부터 모든 것을 살펴봐도 사기꾼은 아니었다.

거기다 재중이 묵고 있는 방을 알아보니 시우바 회장이 직접 결제한 방이다.

즉 브라질뿐만이 아니라 미국에서도 나름 영향력이 있는 시우바 회장이 직접 맞이하는 손님이라는 말이다.

크리스의 입장에서 그런 사람이 사기를 친다고 생각하기에는 무리가 있었다.

"깨끗해. 젠장."

수십 년간 카지노에 있으면서 수많은 사기꾼을 발견해 처리한 크리스였다.

하지만 그런 그도 재중만큼은 어디 하나 흠잡을 곳이 없기에 결국 세 번 연속 36배 배팅에 성공한 것은 순전히 운이라고 인정해야만 했다.

반면 상황실과 달리 재중이 있는 곳은 거의 축제 분위기나 마찬가지였다.

재중이 21,459,600달러를 벌어들였으니 말이다.

그것도 단 세 번의 룰렛 게임으로 한화로 220억에 가까운 돈을 벌어들인 것이다.

이번만큼은 어쩔 수 없이 카지노 측에서 사람이 나와서 재중을 맞이할 수밖에 없었다.

이런 액수라면 카지노도 타격이 만만치 않기도 하지만, 이대로 재중이 가버린다면 손해도 엄청날 수밖에 없기 때문이다.

그런데 카지노 측의 사람들이 재중에게 다가오자 재중은 미련 없이 칩에 손 한 번 대지 않고 돌아섰다.

그리고는 천서영을 보더니 물었다.

"천산그룹에서 복지재단을 운영하고 있나요?"

"네? 네. 천산복지재단이라고 저희 어머니께서 직접 관리하시는 복지재단이 있어요. 유니세프와 연동해서 운영하고 있지요."

"혹시 유니세프재단 계좌번호 알아요?"

재중이 도대체 무슨 생각으로 물어보는지 모르지만 천서영은 곧바로 휴대폰을 꺼내 만지작거리더니 계좌번호 하나를 보여주었다.

재중은 그 자리에서 천서영이 보여준 계좌번호와 유니세프 이름을 적어서 자신에게 다가온 직원에게 주면서,

"이 금액 전부 이곳으로 보내주세요."

그 말과 함께 천천히 걸어서 사람들 사이를 빠져나가 버렸다.

"대단한 사람인데?"

무려 2,145만 9,600달러를 모두 유니세프에 기증해 버린 것이다.

재중이 내민 계좌번호를 보고 처음에 어리둥절했던 직원이 급히 상황실에 연락해서 사실을 확인했다.

그 결과 정말 유니세프 계좌번호가 맞았다는 것에 사람들은 한 번 더 놀라야 했다.

그리고 그날 호텔 카지노에 전설이 생겨 버렸다.

세 번 연속 36배팅에 성공한 사람이 전액 유니세프에 기증하고 유유히 사라져 버렸다고 말이다.

워낙에 본 사람이 많은데다 대부분이 나름 재산이 있는 자산가였다.

그러다 보니 평생 한 번 보지 못할 게임과 장면을 봤다고 소문이 자자해진 것이다.

그리고 재중이 원한 것은 아니지만 그 호텔 카지노에 뜻하지 않게 큰돈을 따는 사람이 나타나면 재중이 했던 것처럼 유니세프에 기증하는 사람이 가끔 나타나는 진풍경까지 생겨나 버렸다.

워낙에 재중이 한 행동이 사람들의 기억에 강하게 남은 것도 있지만, 사람의 심리라는 것이 본래 그렇다.

누군가가 해서 사람들에게 강하게 어필하게 되면 자신도

따라하고 싶은 욕심이 생기는 법이다.

그러다 보니 아이러니하게도 호텔 카지노 곳곳에 유니세프 기증 계좌번호가 붙어 있는 유일한 카지노가 탄생하게 되었다.

Chapter 09
천사의 날개

"후후후후훗, 정말 자네는⋯ 도무지 알 수가 없는 사람이
구먼."

　다음날 호텔을 나서면서 차에 올라탄 재중을 본 시우바 회
장이 한마디 던졌다.

　재중이 무슨 뜻인지 몰라 쳐다보자 시우바 회장이 말을 이
었다.

　"자네 어제 호텔 카지노에서 전설을 썼더군 그래."

　"전설이라니요?"

　딱히 자신이 뭔가 영웅적인 행동을 한 적이 없기에 재중이

정말 모른다는 표정으로 되물었다.

시우바 회장은 정말 재중이 의도해서 한 행동이 아니라는 것을 깨닫고는 더욱 크게 웃었다.

"푸하하하하하! 정말 자네 나와 같이 일해볼 생각 없는가?"

시우바 회장은 아침에 경호원에게 재중의 어제 행동을 듣고는 도무지 믿어지지 않았다.

하지만 알아보니 사실이었다.

무려 2천만 달러 상당의 돈을 아무런 관심도 없이 기부해 버린 그 선택이 시우바 회장에게는 너무나 신선하게 다가왔다.

사실 시우바 회장에게도 2천만 달러 상당의 돈은 결코 적은 돈이 아니다.

당연히 욕심이 생길 텐데 재중은 아예 어제 일은 잊은 듯 편안한 모습이었다.

그 대범함과 함께 돈을 돈같이 보지 않은 모습이 너무나 매력적으로 보였다.

사실 기업을 운영하면서 돈을 돈으로 보는 순간 기업은 망하기 시작한다는 게 시우바 회장의 지론이다.

기업인은 돈을 보지 않고 사람을, 그리고 미래를 봐야 한다는 것이 그가 시우바 그룹을 일으킨 원동력이었다.

하지만 아무리 시우바 회장이라도 지금 재중의 나이에 돈
에 대해서 이처럼 대범한 사람은 본 적이 없다.

아니, 오히려 젊을수록 돈에 욕심을 부리는 게 인간의 본성
이다.

그것을 생각하면 재중은 정말 별종인 것이다.

물론 그런 별종 같은 재중의 성격이 시우바 회장 자신이 원
하는 사람이지만 말이다.

"전 장사에 소질이 없어서요."

단번에 딱 잘라 거절하는 재중의 모습에 시우바 회장은 그
러려니 했다.

하지만 천서영은 오히려 이런 상황이 이해가 가지 않는 표
정이다.

어제 재중이 기부한 돈을 생각하면 왠지 자신의 돈을 기부
한 것 같은 기분이 들어 잠까지 설친 천서영이었다.

그런데 막상 오늘 보니 오히려 그게 시우바 회장의 마음을
사로잡은 듯하니 말이다.

뭐랄까, 재중과 시우바 회장 사이에는 천서영 자신이 알지
못하는 묘한 기류라고 해야 할까, 그런 것이 느껴지는 것이
다.

"원한다면 언제든지 오게. 자네라면 난 대환영이니까 말이
야."

만약 시우바 그룹의 계열사 사장들이 이 사실을 알게 된다면 어떻게든지 재중이 시우바 회장을 사로잡은 매력을 알기 위해서 수단과 방법을 가리지 않았을 것이다.

그러나 지금 이곳에서 한 말이 새어 나갈 일은 없었다.

*　　　*　　　*

"여긴가요?"

거의 하루 종일 차를 타고 도착한 곳은 신승주가 있는 아케디아 국립공원이 가까이 있는 곳이었다.

생각보다 외졌지만 국립공원으로 나름 유명한 곳답게 공기가 좋고 바람이 시원한 곳이긴 했다.

롤스로이스가 아무리 고급 차종이고 편안하긴 했지만 역시나 차 안보다는 바깥이 좋은 법이다.

"조용하군요."

신승주는 전신 마비가 된 후로 사람들과의 왕래를 완전히 끊어버린 듯 오래전부터 알고 지내던 남자 한 명만 신승주의 곁에 남아 있었다.

다른 사람은 모두 집에서 나간 듯했다.

"기다리고 있었습니다."

천서영과 시우바 회장, 그리고 재중을 본 남자는 이미 연락을 받았는지 재중 일행을 기다리고 있었다.

　재중 일행은 그를 따라 5층짜리 전원주택 같은 멋진 집 안으로 들어갔다. 화려하진 않지만 깨끗하면서도 질서 있게 정돈된 모습이 인상적이다.

　"신승주 씨는 3층에 계십니다."

　안내를 받아 도착해 보니 제법 넓은 방 안에 커다란 침대 하나만 덩그러니 놓여 있다.

　"오셨습니다, 신승주 씨."

　남자가 그렇게 말하고는 신승주에게 다가가 리모컨을 몇 번 조작했다.

　그러자 침대가 자동으로 움직이더니 전신 마비인 그가 재중 일행을 볼 수 있도록 자세가 변했다.

　"천서영 씨, 오랜만이네요."

　아직 목 위로는 마비가 진행되지 않았는지 천서영을 보고는 익숙하게 인사를 한다.

　"네, 오랜만이에요, 승주 씨."

　이미 서로 안면이 있는 사이이기에 익숙하게 인사를 끝내자 천서영이 재중을 소개하기 시작했다.

　"이쪽이 그분이에요. 할아버지께 이야기는 들으셨죠? 저를 살려준 분이라구요."

　"네, 하지만……."

신승주는 천 회장에게 연락을 받긴 했지만 설마 저렇게 젊은 사람이 올 것이라고는 생각하지 못했다.

물론 천 회장에게서 재중이 제법 젊은 남자라는 말을 듣긴 했다.

하지만 설마 20대 초반의 나이로 보이는 것이 새파란 애송이라고 해도 될 만큼 젊어 의심스러운 눈길로 쳐다본다.

"후후훗, 걱정하지 말아요. 재중 씨는 저래 보여도 서른세 살로 중년에 들어선 분이니까요."

"아, 실례했습니다."

외모만 보고 판단하는 것이 실례라는 것을 스스로도 알지만 재중이 너무 젊어 보여 어쩔 수 없었다.

지금까지 재중을 본 사람들의 반응이 대부분 비슷하긴 했다.

"그럼 제가 잠시 살펴봐도 될까요?"

재중이 오자마자 곧바로 신승주에게 다가가 말을 건넸다.

"네……."

마치 모든 것을 포기한 듯한 미소와 함께 재중에게 너무나 쉽게 허락하는 신승주이다.

사실 그도 나름 가지고 있는 재력과 인맥을 총동원해서 자신의 몸을 고쳐 보려고 했다.

하지만 결과는 전신 마비 장애 판정을 확인하는 것뿐이었던 것이다.

사실 천 회장이 소개해 준 재중에 대해서도 큰 기대는 하지 않고 있다.

천서영이 죽을병에 걸렸다가 살아났다는 것도 알고 있지만, 그걸 재중이 고쳤다고 하기에는 신승주가 받아들이기에 무리가 있었다.

"잠시 살펴볼게요."

재중은 그렇게 말하면서 신승주의 비쩍 마른 손목을 잡았다.

사실 굳이 손목을 정해서 잡을 필요는 없다.

하지만 테라가 이왕이면 있어 보이게 해야 믿음을 주는 데 유리하다면서 한의사들이 진맥하듯 손목을 통해서 우선 관찰하는 게 어떠냐고 해서 지금 그렇게 하는 것이다.

"오, 저게 그 한의학의 진맥이라는 건가?"

시우바 회장은 재중이 신승주의 손목을 잡고 지그시 눈을 감는 모습을 보고 뭔가 기대하는 듯한 표정이다.

그리고 그건 천서영도 마찬가지였다.

사실 천서영은 재중이 자신의 몸을 고쳤다는 것은 알고 있지만 자신의 눈으로 재중이 사람을 치료하는 장면을 본 적은 없다.

다만 박태평을 상대로 말도 안 되는 위력을 발휘하는 것을 본 적이 있기에 재중의 치료술을 믿고는 있다.

물론 기공술이라는 무력 때문이긴 하지만 말이다.

천서영과 시우바 회장이 지켜보는 가운데 한동안 진맥하듯 손목을 잡은 재중이 나노 오리하르콘을 넣어서 신승주의 몸을 살펴보았다.

그 결과 신승주의 몸이 조금 이상했다.

"뭐지, 이건?"

재중은 나노 오리하르콘을 신승주의 온몸에 퍼뜨려 최대한 정확하면서도 빠르게 알아보았다.

결론적으로 신승주의 마나가 조금씩이지만 굳어가고 있는 것을 확인할 수 있었다.

재중은 자신의 진맥 결과에 자연스럽게 고개를 갸웃거렸다.

사실 지구는 애초에 마나가 희박한 곳이기에 마나가 인체에 미치는 영향이 그리 강하지 않은 편이다.

물론 마나가 생명의 기본이기에 아주 영향이 없는 것은 아니다.

하지만 지금 신승주의 몸처럼 직접적으로 마나가 굳어가면서 영향을 주는 경우는 마나가 가득한 대륙에서조차도 보기 쉽지 않았다.

그래서 재중이 고개를 갸웃거린 것이다.

"어떤가요… 제 몸이?"

신승주는 재중이 고개를 갸웃거리자 속으로는 역시나 틀렸구나 하며 실망감이 가득했다.

그래도 천 회장이 소개해 준 사람이기에 최대한 티를 내지 않으려고 애썼다.

그런데 재중은 신승주의 물음에 바로 대답하지 않았다. 그보다는 생각에만 집중하는 듯 잠시 동안 말을 하지 않고 있다가 한참 뒤에야 입을 열었다.

"신승주 씨."

"네."

"제가 보니 교통사고로 몸이 마비된 것이 아닌 듯한데, 어떤가요?"

"…어떻게 아셨나요?"

재중의 말에 신승주는 놀란 표정을 지었다. 신승주는 잠시 한숨을 쉬더니 진지한 재중의 표정에서 지금까지와 다른 느낌을 받았는지 작은 한숨과 함께 이야기를 시작했다.

"사실 팬으로부터 선물 받은 것이 있습니다."

"선물?"

재중은 뜬금없는 선물이라는 말에 의아해했다.

하지만 신승주는 재중이 그러거나 말거나 눈을 지그시 감고 이야기를 이어갔다.

"사실 처음에 그 인형인지 미라인지 모를 것을 받았을 때는 기분이 나빠 버리려고 했지만, 그래도 팬이 선물한 것이라 다시 포장해서 보관만 하고 있었죠. 그런데 그게 미라처럼 생긴 인형이 아니라 정말 쟁롯이라는 생물의 미라라는 것을 나중에야 알게 되었습니다."

"쟁… 롯이 뭐죠?"

재중은 생전 처음 들어보는 말이다.

신승주는 자신의 몸이 이렇게 된 원인을 깊게 생각해 본 결과 팬으로부터 받은 쟁롯이라는 인형이 자신에게 오고부터라는 것을 깨달았다.

하지만 그때는 이미 온몸이 마비가 되고 난 후였다.

쟁롯이란 어떤 생물의 미라를 지칭하는 말로 인도네시아에 전해지는 전설과 같은 생물이다.

특히 인도네시아의 자바 섬이라는 곳에선 거의 신앙에 가까울 정도로 맹신하는 것이 바로 이 쟁롯이다.

그런데 특이한 것은 쟁롯의 모양이었다.

우선 첫 모습은 아주 작은 사람 모양으로 살아 있는 인형(人形)처럼 생겼다.

보통 신화적인 생물로 묘사되기도 하며 미확인 동물이다.

사람의 몸을 가지고 있다고도 알려져 있지만 미라가 된 작은 인형의 모습이 대부분으로 보기에 따라 겉모습은 그리스

신화에 나오는 메두사와 흡사하게 생겼다.

　모습만 보면 사실 징그럽고 혐오감이 느낄 만큼 이상한 모습이지만 인도네시아에서 실존하는 전설로 추앙받는 것은 바로 쟁롯이 가진 힘 때문이다.

　흡혈귀가 미라가 된 것이라고도 하는 쟁롯은 사람의 피를 먹이면 소원을 이루어주는 초능력이 있다고 알려져 있었다.

　그리고 신승주가 받은 그 작은 미라같이 생긴 인형이 바로 실제 쟁롯이었던 것이다.

　"그게 어디 있죠?"

　신승주는 사실 자신이 말하면서도 재중이 믿어주지 않을 것이라고 생각했었다. 한데 뜻밖에도 재중이 그 쟁롯이라는 것이 어디에 있는지 묻자 바로 반응을 보였다.

　"다락에 있을 겁니다. 델 씨, 그걸 좀 가져와 주시겠어요?"

　신승주가 자신을 돌봐주고 있던 남자 델에게 부탁했다.

　"그걸 굳이… 보여주실 필요까지야……."

　델은 난감해하며 꺼리는 표정을 지었지만 신승주가 재차 부탁하자 어쩔 수 없이 방을 나간다.

　잠시 뒤 델은 작은 상자를 하나 가지고 왔는데 제법 먼지가 쌓여 있는 것이 한동안 손을 타지 않은 듯 보였다.

　"이겁니다."

　델은 신승주의 몸이 마비가 온 원인이 쟁롯이라는 것을 믿지 않았다.

하지만 그의 부탁이니 어쩔 수 없이 가져온 것이다.

사실 델이 보기에 신승주는 몸이 마비가 되면서 정신도 조금 이상해지고 있었다.

잘나가던 작곡가가 갑자기 전신 마비가 되었다면 누구든지 제정신을 가지고 있다는 건 무리라고 생각할 것이다.

반면 델과 달리 재중은 그가 가져온 상자를 받는 순간 묘한 기분 나쁜 느낌을 온몸으로 받았다.

'뭐지? 이 찐득하면서도 더러운 기분은… 마치… 마치…….'

무언가 느낀 적이 있는 듯하면서도 쉽게 생각이 나지 않았는데, 상자의 뚜껑을 여는 순간 떠올랐다.

'마족… 이었군.'

찐득하면서도 더러운 느낌을 어디서 느꼈는지 바로 알게 된 재중이다.

상자를 열어서 쟁롯이라는 손바닥만 한 미라를 눈으로 확인하는 순간 떠오른 것은 바로 마족이다.

대륙에서도 단 한 번 만났을 뿐이지만 너무나 더러운 느낌이 강하게 남아 있는 녀석이었다.

설마 지구에서 다시 볼 줄은 몰랐기에 재중은 놀라워했다.

그런데 쟁롯을 살펴본 재중은 미라에 피가 묻어 있는 것을 보고는 고개를 갸웃거렸다.

"쟁롯에 피가 묻어 있군요."

재중이 나직하게 물어보자 신승주는 한숨을 쉬더니,

"네. 제 피입니다."

"네? 설마 자신의 피를 떨어뜨려서… 소원을 빌었단 말인가요?"

재중은 잘나가는 그가 뭐가 아쉬워서 그랬을까 하는 생각에 물었다.

"그저 사고였습니다. 상자를 닫다가 모서리에 살짝 손가락이 베이면서 피가 흘렀는데 그게 쟁롯의 얼굴에 떨어졌으니까요."

"…그런데… 왜 이것 탓이라고 생각하는 거죠?"

테라만큼은 아니지만 재중도 나름대로 확인해 보았다.

마족의 기운이 풍기긴 하지만 쟁롯에게서 마족의 생명의 원천인 마력은 느껴지지 않았다.

"사실… 새로 의뢰받은 곡 작업을 하던 중이었습니다. 그러다가 우연히 짐 정리를 하다 쟁롯을 다시 열어봤고, 그리고 피를 떨어뜨리게 되었죠. 그런데 그날 저녁인가? 제가 작곡을 하다가 그저 답답한 마음에 모든 것에서 벗어나고 싶다고 크게 소리를 쳤는데… 다음날 전 악몽을 꾸고 나서 침대에서 일어나다 몸의 반이 마비가 된 것을 알게 되었죠."

"그냥 자고 일어나서요?"

"네. 그리고 천 회장님의 소개를 받고 온 침술사가 제 몸에 침을 놓고 나서 그날 또 악몽을 꾸고 일어났는데… 지금처럼 온몸이 마비가 되어 있더군요."

상식적으로 자신의 몸 상태가 이렇게 된 원인을 누구에게 말해도 믿어주지 않을 것이 뻔했다.

그렇기에 대외적으로는 교통사고로 인해 몸이 마비되었다고 한 것이다.

하지만 재중이 신승주의 몸을 살펴본 결과 교통사고의 흔적은커녕 작은 타박상조차 없었다.

자전거에 부딪쳐도 멍이 들면 몇 주는 갈 만큼 흔적이 오래 남는데, 교통사고로 반신불수가 되었다면 그 흔적이 뚜렷하게 남아야 한다.

하지만 신승주는 그런 것이 전혀 없었다.

"어떤 악몽이었죠?"

유독 신승주가 악몽을 꿨다는 말을 거듭 강조하기에 재중이 물어봤다.

"저 상자 안의 쟁롯이 살아 움직여 제 몸을 뜯어 먹는… 꿈이었어요. 그리고 쟁롯이 뜯어 먹은 몸은 다음날 마비가 왔습니다."

"음……."

신승주의 말을 들어보니 확실히 그냥 무시하기에는 재중의 상식으로 뭔가 꺼림칙하긴 했다.

일반적인 사람이라면 그저 미신이라고 웃어넘길 테지만 재중은 대륙에서 살아본 인물이다.

거기다 쟁롯에게서 마족의 느낌을 강하게 받았기에 무시할 수가 없었다.

하지만 사실 재중은 이런 쪽의 지식은 거의 전무하다시피 했다.

해서 재중은 곰곰이 생각하다가 이걸 알 만한 존재에게 물어보기로 했다.

'테라.'

─네, 마스터. 사념으로 절 부르시고, 무슨 일 있으세요?

웬만해서는 사념으로 자신을 부르지 않기에 테라가 물어봤다.

'지금 주변에 사람이 많기 때문이야. 그보다 쟁롯이라는 녀석이 지금 내 손에 있는데 미라지만 마족의 느낌이 너무 강하단 말이야. 혹시 너 아는 거 없어?'

─잠시만요.

테라가 잠시 말을 끊더니 재중의 그림자가 살짝 꿈틀거렸다.

그림자는 사람들이 눈치채지 못하게 아주 조용히, 그리고 은밀하게 재중이 들고 있는 상자 안으로 가지를 뻗었다.

　―이런, 이거 몽마예요.

　그림자가 닿자마자 테라는 단번에 파악했는지 쟁롯의 정체를 알려주었다.

　'몽마?'

　―네. 보통 서큐버스라고도 하지만, 나름 마족 중에서 중상급에 속하는 마족이에요. 하지만 죽은 시체인데 묘하게 마기가 강하네요.

　'그래?'

　테라는 드래곤의 지식을 가지고 있다 보니 아무래도 재중보다 확실히 빠르고 정확하게 쟁롯의 정체를 파악해 내었다.

　다만 테라도 처음 보는 마족의 시체가 조금 이상할 뿐이다.

　마족은 본래 정신체로서 특별히 육체를 가지고 있지 않다고 알려져 있었다.

　드래곤의 지식을 모두 가진 테라도 그렇게 알고 있었는데, 특이하게 지구에서 본 쟁롯이라는 이름을 가진 몽마는 시체가 존재했으니 말이다.

　대륙과 지구의 차이가 만든 것이라고 생각하기에도 이상했다.

　무엇보다 죽은 시체에서 마기가 강하게 느껴진다는 것이 꺼림칙했다.

특히나 신승주의 피가 묻어 있는 얼굴 부분에서 두드러지게 마기가 느껴지고 있었다.

'몽마의 특성이 뭐야?'

딱히 몽마에 대해 아는 것이 없어 재중이 물어보자,

—몽마는 꿈을 통해서 인간의 몸에 들어와 마나를 빨아 먹는 존재예요. 사실 마족 중에 그다지 힘은 강하지 않지만 중상급에 분류되는 것도 꿈을 통해서 인간을 사냥하는 특이한 방식 때문에 그런 거죠.

'꿈이라……. 신승주가 당한 것과 거의 비슷하긴 하군.'

—몽마에게 당한 인간은 대부분 마나 고갈로 죽어요. 그러니 마나 고갈로 죽는 경우 무조건 몽마 짓이라고 생각하면 거의 정확할 거예요. 마스터, 그리고 지금 제가 본 저 신승주라는 남자, 무조건 몽마에게 당한 거예요.

테라의 확실한 답변까지 얻자 재중은 치료할 방법이 바로 떠올랐다.

몽마는 곧 마족이다.

그리고 마족의 천적은 바로 신성력이었다.

지금 재중의 몸속에 있는 나노 오리하르콘은 이미 그 자체로도 신성력을 가진 금속이다.

신이 만든 금속이라는 별칭이 괜히 붙은 것이 아니라는 것을 알려주듯 오리하르콘은 존재 자체만으로도 마기를 몰아내는 힘이 있었다.

과학적으로 설명되지 않는 것에 당했으니 신승주의 몸이 나날이 나빠지는 것은 어쩌면 당연했다.

"이제 치료하죠."

"네?"

쟁롯을 보면서 심각하게 고민하는 표정이던 재중의 얼굴이 편안하게 바뀌더니 곧바로 치료하자는 말을 꺼냈다. 신승주는 이럴 줄은 몰랐는지 당황했다.

포기하고 있다가 들어서 그런지 신승주는 놀란 표정을 숨기지 못하고 있었다.

재중의 굳은 표정에 자신은 이대로 서서히 말라 죽을 것이라 확신하고 있는 중이었기에 놀람은 더욱 컸던 것이다.

"생각보다 쉬울 듯하네요."

거기다 쉽다고 말한 재중이 손을 뻗은 곳은 마비가 되어 있는 몸이 아니라 신승주의 머리였다.

"왜… 머리를?"

신승주는 재중이 머리를 잡자 영문을 몰라 물었다.

재중이 그저 조용히 고개를 끄덕이고는,

"잠깐 잠드는 게 좋겠군요."

라고 말을 하자마자 갑자기 신승주는 눈꺼풀이 무거워지는 것을 느끼면서 순식간에 잠이 들어버렸다.

신승주가 잠이 들자 재중의 치료가 시작되었다.

굳이 그를 잠재운 데는 이유가 있었다.

그의 몸속으로 나노 오리하르콘을 집어넣어서 치료를 하는 것은 다른 사람을 치료할 때와 같지만 신승주의 경우 특별히 굳어버린 마나를 다시 되돌리기 위해서 재중이 강제로 마나를 쏟아부어야 하기 때문이다.

그리고 그런 치료 효과를 가장 극대화하기 위해 아직 마비가 진행되지 않은 머리부터 시작한 것이다.

"이제부터 치료를 시작하니 조용히 해주세요."

재중이 굳이 주변에 알린 것은 아주 작은 방해도 받지 않기 위해서였다.

스파앗!!

그리고 곧이어 재중의 몸에서 푸른빛이 뿜어져 나오기 시작했다.

"어떻게… 인간의 몸에서 빛이……!"

시우바 회장은 재중이 치료하는 모습을 보고는 자신도 모르게 성호를 그었고, 천서영은 마치 재중이 순간 사람이 아닌 다른 존재로 느껴졌다.

하지만 재중의 몸에서 푸른빛이 뿜어져 나오는 것은 겨우 시작에 불과했다.

파파파파파파파팟!!

점점 재중의 몸에서 뿜어져 나오는 푸른빛이 강해지는가 싶더니 순간 재중의 등에 푸른색의 빛이 하나의 덩어리처럼 뭉치기 시작했다.

이어 뭉쳐진 빛 덩이가 어떤 형체를 만들었다.

팔락~!!

"…날개!!"

"설마……!!"

재중의 등에 푸른빛이 모여서 만들어낸 것은 누가 봐도 날개였다.

그것도 마치 살아 있는 듯 펄럭이는 푸른빛의 커다란 날개 말이다.

파삭!!!

하지만 모두를 놀라게 한 푸른 날개는 몇 번 펄럭이더니 곧 산산이 부서지면서 사방으로 흩어져 버렸다.

그리고 그렇게 부서진 푸른빛이 지나가자 상쾌한 향기가 온 방 안에 가득 찼다.

"이걸… 어떻게 설명해야 할지… 나참……."

시우바 회장은 지금 재중이 치료하는 모습을 눈으로 보고 있지만 저걸 어떻게 받아 들여야 할지 오히려 머릿속이 심하게 복잡한 상태이다.

그런데 그런 주변의 상황과 달리 재중은 오히려 살짝 난감한 표정이다.

'테라… 너, 또 장난쳤구나.'

설마 마나를 활성화하자 등에서 날개가 나타날 줄은 재중도 몰랐다.

재중은 난감한 표정을 지을 수밖에 없었다.

자신이 마나를 활성화할 때마다 특이한 현상이 일어나도록 할 수 있는 녀석은 테라가 유일했기에 범인은 금방 알 수 있었다. 하지만 이미 엎어진 물이요, 떠나간 버스였다.

저벅!

대략 1분 정도 지났을까?

방 안을 가득 채운 마나가 모두 재중의 몸속으로 사라졌다.

그러면서 그동안 방 안을 가득 채우던 상쾌한 향기도 함께 사라져 버렸다.

그리고 동시에 신승주의 치료도 끝이 났다.

"끝났습니다."

"네?"

델도 지금 옆에서 재중이 치료하는 모습에 너무 놀라서 멍하니 쳐다보고 있던 참이었다.

재중이 치료가 끝났다고 하자 그제야 정신을 차리고 신승주의 곁으로 다가와 몸을 만져보았다.

"따뜻해요. 다시 몸이 따뜻해졌어요. 정말 감사합니다. 정말……."

몸이 마비되었을 때는 마치 얼음처럼 차갑던 신승주의 팔과 다리였다.

재중의 치료가 끝나자 다시 선홍색의 빛이 돌면서 따뜻한 온기가 전해진다.

델은 감격의 눈물을 흘리면서 재중에게 몇 번이나 고개를 숙여 감사의 인사를 했다.

"나중에 신승주 씨가 깨어나면 천천히 회복하게 하세요. 갑자기 움직이면 오히려 다치니까."

마지막으로 마치 의사가 주의를 주듯 한마디 한 재중이 고개를 돌리자,

"……."

"……."

멍한 표정으로 자신을 보는 천서영과 시우바 회장의 모습이 보인다.

"뭐 해요? 이제 내려가죠. 주인이 잠든 방에 계속 있을 겁니까?"

"응? 아, 그렇군. 우선 내려가지."

"네? 아, 네."

갑자기 고분고분해진 천서영과 시우바 회장이다.

한국에서 자란 재중은 모르고 있지만 브라질에서 하나님

이란 거의 절대 신앙에 가깝다.

브라질이 포르투갈에서 독립 100주년을 기념해서 만든 리우데자이네루에 있는 예수상이 국가를 상징하는 대표적인 랜드마크인 것만 봐도 더 이상 설명이 필요 없을 것이다.

그리고 시우바 회장도 독실한 카톨릭(천주교) 신자였다.

카톨릭인데 왜 예수상이 국가의 랜드마크냐고 묻는다면 이유는 간단했다.

천주교나 기독교나 결국 그 뿌리는 같았으니 말이다.

아무튼 천주교 신자인 시우바 회장에게 재중의 등에 나타난 푸른 날개는 지금까지 재중에 대한 모든 것을 송두리째 바꿔 버리기에 충분하고도 남을 만큼 강했다.

물론 천서영도 마찬가지다.

그리고 그제야 왜 천 회장이 재중을 그리 어려워했는지 납득이 되는 천서영이다.

*　　　*　　　*

"자네는 정말 누군가?"

1층에 내려와 조용히 커피를 마시는 재중에게 시우바 회장이 한참 만에 꺼낸 말이다.

물론 그 질문에 재중은 싱긋 웃으면서,

"선우재중입니다."

"…내가 묻는 것이 그게 아니라는 것을 잘 알지 않나?"

시우바 회장은 마치 답을 회피하려는 듯한 재중의 대답에 다시 강한 어조로 물었다.

하지만 재중의 대답은 비슷했다.

"눈앞에 보이는 선우재중이 저인데 무엇을 보고 싶으신 겁니까? 혹시라도 제가 신의 사자나 아니면 천사이길 바라신다면 그냥 오해라고 말씀드리고 싶군요. 전 지극히 정상적으로 태어나 조금 힘든 삶을 살았을 뿐이니까요."

"…그걸 지금 내가 믿을 것 같나? 내 직접 자네 등에 솟은 날개를 봤는데 말이야."

재중의 어떤 말도 지금 시우바 회장에게는 씨알도 먹히지 않을 것이다.

하지만 그렇다고 달리 할 말도 없는 재중이다.

"치료 과정에서 가끔 나오는 환상입니다."

"에휴, 알겠네. 자네가 굳이 말하지 싫다면 나도 그만두지."

그 어떤 말도 지금 시우바 회장에게는 다 변명으로 들렸다.

그러나 결국 먼저 물러선 것은 시우바 회장이다.

이대로 계속 캐물어봐야 결국 재중과의 사이만 나빠질 것이라고 생각했다.

확실히 사람을 상대로 오랜 경험이 쌓인 시우바 회장은 그런 면에서는 빠른 대처를 보여주었다.

반면에 조심스럽게 재중의 눈치만 살피는 천서영은 신승주의 치료가 끝난 뒤 방을 나와서는 단 한 마디도 하지 않고 있다.

"궁금한 게 있으면 물어보세요."

너무 티 나게 재중의 눈치를 보다 보니 재중이 답답해 먼저 천서영에게 물어보았다.

"저기… 사람 맞죠?"

역시나 천서영도 재중을 보고는 가장 먼저 사람이 맞는지부터 물어온다.

피식~

재중은 입가에 미소를 크게 그리면서 대답했다.

"전 사람입니다. 그저 조금 특이한 힘을 가졌을 뿐이지요."

뭐, 딱히 거짓말을 한 것은 아니다.

사람이고, 특이한 힘을 가진 것 모두 사실이니 말이다.

물론 앞으로는 어떨지 재중 스스로도 확신하지 못하겠지만 말이다.

어쨌거나 현재는 사람이라고 자신있게 말할 수 있는 상태이다.

"그럼… 한번 만져 봐도 될까요?"

마치 뭔가 대단한 것을 만지려는 듯한 반응과 말투였다.

재중이 먼저 일어서서 천서영의 곁으로 다가가자,

움찔!

당황했는지 천서영의 어깨가 들썩인다.

"만져 봐요. 카지노에서는 제 손을 잡고 잘도 다녔으면서 왜 그리 어려워해요?"

"그야… 그때는 몰랐으니까……."

그때야 재중의 등에서 날개가 생겨나고 몸에서 푸른빛을 뿜어낼 줄 전혀 몰랐으니 그랬다고 말하고 싶은 것이 목까지 올라왔다.

하지만 스스로가 생각하기에 참 바보 같은 대답이라 느끼는지 말꼬리를 흘리는 천서영의 모습에 재중은 그녀의 손을 먼저 덥석 잡아버렸다.

"헛!"

살짝 놀란 천서영이다.

놀라는 천서영에게 재중이 부드럽게 말했다.

"어때요? 똑같죠?"

"…네."

아무것도 달라진 게 없기에 천서영이 고개를 끄덕였다.

그제야 재중은 제자리로 돌아와 커피를 마시기 시작했다.

하지만 그 후로도 또다시 한동안 재중과 시우바 회장, 그리고 천서영 사이에 침묵 자리 잡는 것은 막지 못했다.

그나마 침묵이 깨진 것은 잠들었던 신승주가 깨어나 델의 부축을 받으며 자기 발로 걸어서 계단을 내려와서이다.

"재중 씨!!"

계단을 다 내려온 신승주는 가장 먼저 재중에게 다가왔다.

눈물콧물을 흘리면서 감사의 인사를 몇 번이나 하는지, 혹시라도 탈진할까 봐 걱정될 정도였다.

한참이나 감격을 눈물을 흘리고 나서야 겨우 안정을 찾은 신승주가 자리에 앉았다.

"설마… 제가 다시 제 손과 발을 움직이게 될 줄은… 정말… 몰랐습니다. 이게 모두 재중 씨 덕분이에요. 감사합니다."

이미 감사의 인사를 수도 없이 받은 상황이다.

재중은 웃으면서 고개를 끄덕이고는 슬슬 대화의 내용을 돌려야겠다는 생각에 다른 말을 꺼냈다.

"혹시 쟁롯을 저에게 주실 수 있겠습니까?"

"네? 그 저주받은 인형을요?"

재중이 자신의 몸을 그렇게 만든 쟁롯을 달라고 하자 신승주는 곧바로 얼굴에 걱정이 가득한 표정이 되었다.

"그냥 호기심이지만 궁금해서요."

자신의 몸을 살려준 재중의 부탁이었다.

딱히 문제될 것은 없지만 그래도 혹시나 하는 걱정이 앞선 신승주는 조심스레 물었다.

"저주받은 인형인데… 굳이 그걸……. 위험하지 않겠습니까?"

재중에게 쟁롯을 주는 것은 하나도 아깝지 않은 신승주이다.

어차피 몸이 다시 정상으로 돌아온 이상 그 저주받은 쟁롯은 태워 버릴 생각이니 말이다.

그런데 재중이 그걸 달라고 하자 순수하게 걱정이 되어서 되물어본 것이다.

"전 당신을 치료한 사람입니다. 그것이 제게 영향을 주진 못할 테니 걱정 마세요."

"그렇긴 하지만… 굳이 원하신다면… 드리죠."

신승주는 곧바로 델에게 부탁해 쟁롯이 들어 있는 상자를 가져오게 해 재중에게 내밀었다.

그리고 경고의 말도 잊지 않았다.

"혹시라도 이상하다 싶으시면 무조건 쟁롯을 태워 버리세요. 어차피 저도 저것을 태워 버릴 생각이었거든요."

"네, 걱정 마세요."

재중은 환하게 웃으면서 상자를 받았다.

사실 이걸 굳이 재중이 챙기는 이유는 바로 테라 때문이다.

1층에서 침묵이 흐르는 동안 재중의 뇌리에 시도 때도 없이 테라가 애원하는 목소리가 들렸던 것이다.

—마스터~ 저 쟁롯 저 주세요~ 궁금해요~ 제발 저 주세요~

신승주가 내려오기 전까지, 재중은 겉으로는 생각에 잠긴 듯 눈을 감고 조용히 있는 것처럼 보였다.

하지만 실상은 테라의 애교와 애원 섞인 협박에 시달리는 중이었다.

재중이 결국 그러겠다고 대답하자 그제야 테라가 조용해진 것이다.

아무리 테라가 예쁘고 애교가 많다고 하지만, 무언가 달라고 계속 조르는 것이 귀에 맴돌면 그것만큼 스트레스 받는 것도 없다는 것을 새삼 느꼈다.

"더 원하시는 것이 있으면 말씀하세요."

신승주는 자신의 몸을 고쳐준 재중에게 어떻게라도 보답하려고 말했다.

하지만 재중은 고개를 저으면서 거절했다.

"대가는 굳이 바라지 않습니다. 하지만 한 가지 물어볼 것이 있는데요."

"네, 말씀하세요. 제가 대답할 수 있는 거라면 뭐든지."

"신승주 씨를 치료했다는 침술사 혹시 기억하십니까?"

"침술사요?"

뜻밖에도 자신을 치료한다고 하며 전신 마비를 만들어 버리는 데 어느 정도 영향을 준 침술사의 존재를 묻는 모습에 신승주는 잠시 생각하는 듯하더니 대답했다.

"음, 50대 중반의 남자였고, 한국말을 잘하는 게 한국 사람처럼 보였는데… 이게 설명하기가 좀 애매하네요. 그 당시 전사실 제정신이 아니었거든요."

재중의 질문에 대답하는 것은 그리 어렵지 않았다.

다만 그 당시 신승주 본인이 반신 마비라는 충격 때문에 다른 것을 둘러볼 만큼 그리 여유롭지 않았다는 것이 문제였다.

그리고 침술사를 직접 만나긴 했지만 전신 마비가 되는 충격에 더욱 이상해진 상태였다.

"아, 그렇군요."

재중도 크게 기대하지는 않았다.

그저 약간의 실마리라도 얻어볼 생각이었는데 그것도 힘들 것처럼 보이자 그냥 포기하려고 했다.

그런데 그때 뒤쪽에 있던 델이 조용히 입을 열었다.

"저기, 그때 영상이 있긴 합니다만."

"네? 델 씨, 영상이 있다구요?"

신승주도 모르는 일인 듯 놀라워했다.

델은 천천히 설명을 시작했다.

"당시에 천 회장님의 소개이긴 했지만, 그다지 믿음이 가지 않아 CCTV를 통해 녹화해 놓은 파일이 있습니다만, 화질이 좋지 않은데 그거라도 보시겠습니까?"

뜻밖에도 영상이 있다는 델이 말에 재중이 고개를 바로 끄덕였다.

"델 씨, 부탁드릴게요."

"네, 바로 준비하죠."

그리고는 델이 분주하게 몇 가지 기계를 연결하더니 생각보다 금방 준비가 끝났다.

"이겁니다."

리모컨을 작동시켜서 거실에 있는 커다란 TV를 켰다.

그리 선명하진 않지만 충분히 보는 데 어려움이 없는 영상이 나오기 시작했다.

그리고 영상이 시작된 지 5분 정도 지났을까?

천 회장의 모습이 보이고, 뒤이어 호리한 몸매에 긴 장발을 한 남자의 뒷모습이 보인다.

"저 사람입니다!"

델이 영상에 나온 천 회장 뒤에 있는 남자를 가리키면서 소리치자 모두의 시선이 자연스럽게 그 쪽으로 집중되었다.

재중은 테라에게 지시해서 지금 영상을 마법으로 저장하

도록 해놓은 상태였다.

하지만 본인이 더욱 자세히 보고 싶어서 눈동자를 살짝 은색으로 바꿨다가 바로 되돌렸다.

생각보다 큰 키에 호리한 몸매, 그리고 검은 머리카락이 인상적인 남자다.

젊을 적에 제법 미남 소리를 들었을 만한 인상착의까지 확인할 수 있었다.

하지만 안타깝게도 그 침술사가 신승주를 치료하는 장면은 찍혀 있지 않았다.

그러나 잠시 후, 치료가 끝났는지 다시 집을 나설 때 카메라에 얼굴 정면이 찍혔는데 그걸 본 재중은 조금 놀란 표정이다.

'…뭐지, 사람 같지 않은 이 느낌은?

묘하게 사람과 다른 이질감이 느껴진 것이다.

분명히 보기에는 그냥 키 큰 잘생긴 중년의 남자이다.

하지만 얼굴 정면을 보는 순간 재중은 묘하게 이질감이 느껴지기 시작했다.

말로는 설명할 수 없는 그런 이질감이라는 게 더욱 재중의 궁금증을 깊게 만들고 있었다.

"생각보다 영상이 선명하지 않아서… 어떻습니까? 도움이 되었나요?"

델은 최대한 자신이 할 만큼 했다.

델이 물어오자 재중은 환하게 웃으면서 오히려 감사의 인사를 했다.

"큰 도움이 되었습니다."

"아, 그렇다면 다행이군요. 마땅히 제가 도움이 될 것이 없었는데 말입니다."

신승주를 살려준 것을 마치 자기를 살려준 것처럼 말하는 델이었다.

다른 건 몰라도 신승주가 곁에 사람은 잘 됐다는 생각이 든다.

"그런데 저 사람은… 왜……?"

재중이 너무 집중해서 영상을 보면서 표정이 심각하게 변했다가 다시 굳어지기에 신승주가 물었다.

"사실 천 회장님에게 들었는데, 저 사람이 저와 관련이 있다고 했다더군요."

"네? 재중 씨와 관련이 있다구요?"

"설마… 스승?"

모두 재중과 관련이 있다는 말에 딱 떠오르는 것이 있었다.

바로 재중에게 치료술을 가르친 스승이라는 존재였다.

하지만 재중은 그런 그들의 말에 바로 고개를 저으면서 반대의 말을 했다.

"제 스승님은 예전에 돌아가셨습니다."

"아, 그렇군요. 죄송합니다."

신승주와 시우바 회장은 곧바로 사과를 했다.

하지만 다시 드는 생각은 재중의 스승도 아닌데 어째서 재중과 관련이 있다고 했냐는 것이다.

다들 재중을 쳐다봤지만 재중도 고개를 저으면서 의문이 가득한 표정이었다.

"저도 그게 궁금하군요. 제 스승님은 이미 돌아가신 분이고 제자는 오직 저 혼자였습니다. 동문이나 사형도 없었으니 치료술로 저를 아는 사람은 없는데 말이죠."

재중이 있지도 않는 스승을 죽은 사람으로 만들며 너무나 진실처럼 표정 연기를 하자 다들 믿는 표정이다.

"그럼 저 사람은 재중 씨를 사칭했다는 결론이군요."

신승주가 갑자기 얼굴을 찡그리면서 영상 속의 침술사를 노려보았다.

결과적으로 저 침술사가 재중과 관련이 있다고 사기를 쳐서 천 회장을 꾄 것이다.

그리고 그 때문에 자신이 전신 마비가 되었으니 말이다.

물론 결과적으로 그 때문에 다시 정상의 몸으로 돌아오긴 했지만 그건 그거고 당한 건 당한 것이었다.

"뭐, 천 회장님 말로는 저를 알고 있다는 말에 거의 전적으로 믿고 신승주 씨의 치료를 맡겼다고 했으니 틀린 말은 아닌 듯하네요."

재중이 그런 신승주의 생각에 기름을 끼얹었다.

"어디 있는지 찾았습니까?"

제법 화가 난 표정으로 재중에게 물어보는 신승주이지만 재중은 고개를 저었다.

"천 회장님도 곧장 승주 씨의 몸이 나빠지자 사람을 풀어서 알아봤지만 종적이 묘연한 것이 찾을 길이 없다고 했으니 아마 쉽진 않을 겁니다."

"이런, 저런 나쁜 놈은 꼭 찾아야 하는데… 혹시라도 다른 곳에서 재중 씨의 이름을 팔면서 다른 사람을 저처럼 불행하게 만들 수도 있는 것을……."

사실 신승주의 말처럼 재중을 사칭했다고 하기에는 좀 무리가 있긴 했다.

재중이 치료술을 한다는 것을 아는 사람은 극히 적었으니 말이다.

오히려 그런 사기꾼을 천 회장이 만났다는 것부터가 로또가 맞을 확률보다 낮을 것이다.

그런데 문득 천 회장이 침술사를 만날 확률이 얼마나 될까 생각하던 재중은 무언가 뇌리를 스치는 것이 있었다.

'가만, 천 회장이 찾아간 게 아니라 침술사라는 녀석이 먼저 접근한 거라면? 그리고 쟁롯이라는 미라가 흔한 것도 아니고 말이야. 뭔가 이상한데?

모든 일이 끝나고 나자 재중은 지금까지의 일이 뭔가 어색하다는 것을 느꼈다.

마치 누군가가 재중의 존재를 끄집어내려고 일부러 계획을 꾸몄다는 느낌이 들었다.

그만큼 신승주와 천 회장, 그리고 침술사의 연관성이 비상식적으로 이어져 있는 것이다.

특히나 천 회장과 침술사의 관계는 천 회장이 찾아갔다기보다는 침술사가 먼저 천 회장이 찾아오도록 했다고 할 만큼 이상했다.

하지만 지금 당장은 딱히 방법이 없는 것이 현실이기도 했다.

이미 사라진 침술사를 찾을 방법이 없으니 말이다.

천 회장이 찾지 못한다면 최소한 국내에는 없거나 아니면 사람들의 눈이 닿지 않는 곳에 숨어 있을 것이다.

우선 재중은 기억 속에 남겨두기로 했다.

만약 이것이 자신을 향한 계획된 움직임이라면 분명 또 다른 식으로 움직일 테니 말이다.

Chapter 10
테러?

재중귀환록

"자네는 이제 바로 한국으로 돌아갈 생각인가?"

신승주가 조금이라도 머물다 가라고 간곡히 부탁하는 것을 아직 그의 몸이 완쾌되지 않았으니 나중에 몸이 건강하게 되면 다시 만나자고 하고서야 겨우 벗어난 재중이다.

하지만 이번에는 시우바 회장이 은근한 시선으로 재중을 쳐다보면서 물어본다.

이미 눈빛에서부터 하고 싶은 말이 뭔지 훤히 들여다보였다.

"제가 브라질에 들렀다 가길 원하십니까?"

한국을 잘 벗어나지 않으려고 하는 재중의 성격이다.

시우바 회장은 재중이 브라질에 오는 것은 아마 이번이 마지막 기회일지도 모른다고 생각했기에 노골적으로 재중에게 시선을 보내는 중이다.

"천서영 씨는 어쩌실 거죠?"

재중이 브라질에 잠깐 들렀다 가는 건 그리 어려운 일이 아니라는 생각에 천서영에게 물어봤다.

"전 무조건 괜찮아요."

들어볼 것도 없이 재중을 따라가겠다고 나서는 천서영이다.

여자로서의 직감이 아니라도 충분했다.

시우바 회장이 저렇게 노골적으로 재중에게 브라질에 들렀다 가라고 하는 것은 무언가 있다는 것이 확실했으니 말이다.

그리고 그건 천서영의 생각에 100% 확률로 여자가 확실해 보였다.

재중에게 결혼에 대해서 귀찮을 정도로 물어보던 시우바 회장이다.

천서영은 그가 재중을 브라질로 굳이 불러들이는 것은 여자가 아니고서는 다른 이유가 없다고 생각했다.

그런데 뻔히 그런 것이 보이는 상황에 재중을 혼자 브라질로 보내는 것은 있을 수 없는 일이었다.

뭐랄까, 재중이 치료하는 것을 본 뒤 천서영은 재중의 곁은 자신이 지킨다는 묘한 사명감 같은 게 생겼다.

"쩝, 굳이 천서영 양도 오겠다면야……."

시우바 회장도 천서영의 의도를 모를 리 없지만, 여기서 천서영을 억지로 떼어낸다면 재중도 그대로 한국으로 돌아갈 가능성이 있었다.

어쩔 수 없이 천서영이라는 혹을 데리고 브라질로 갈 수밖에 없었다.

재중을 사이에 두고 한 사람은 방어를, 한 사람은 공격하는 조금은 웃지 못할 상황이 벌어진 것이다.

"덥네요."

시우바 회장을 따라 브라질 공항에 내리자마자 천서영은 습하고 뜨겁고 거기다 사람의 몸을 이상하게 늘어지게 하는 브라질의 날씨에 바로 지쳐 버렸다.

마치 몸이 아이스크림이 되어 녹아내린다고 한다면 정확할 정도였다.

브라질의 더위는 여자인 천서영에게 가장 무서운 적이 되어 먼저 다가왔다.

"덥긴 덥네요."

재중의 말에 천서영은 자신의 기분을 알아준다는 것이 기뻐서 고개를 돌렸다.

하지만 재중은 역시나 땀 한 방울 흘리지 않는다는 것에 금방 실망하면서 투덜거렸다.

"재중 씨는… 여기서도 땀 한 방울 흘리지 않고 쌩쌩하네요. 역시 기공술은 대단해."

날개 사건 이후 재중이 일부러 먼저 다가간 보람이 있었다.

천서영은 웃으며 전처럼 재중의 능력이 기공술이라고 생각했다.

지금 땀을 흘리지 않는 것도 기공술 때문이라고 생각하고 있는 중이다.

그리고 한편으로는 자신은 왜 이렇게 더위에 고생하고 반면 재중은 저렇게 쌩쌩한지에 대해 묘하게 알 수 없는 분노를 느끼고 있기도 했다.

"곧 편안해질 거예요."

재중이 보기에도 천서영이 비정상적일 만큼 몸의 오라 색변화가 심했다.

어쩔 수 없이 재중이 나설 수밖에 없었다.

재중은 그녀의 손을 잡고서 몸속에 나노 오리하르콘을 넣었다.

동시에 자신의 마나까지 흘려보냈다.

그러자 천서영의 몸속에 들어간 나노 오리하르콘이 빠르게 그녀의 몸에 적응하면서 더위에 지친 몸을 바꾸기 시작했다.

불과 1분이나 지났을까?

늘어지고 무겁던 몸이 천서영 스스로가 느끼기에도 놀라울 만큼 다시 정상적으로 돌아온 것이다.

천서영이 놀라 재중을 쳐다보자,

"이제 한국으로 돌아갈 동안은 괜찮을 겁니다."

그 말을 끝으로 천서영의 손을 놓고 먼저 걸어가 버리는 재중이다.

"아, 나한테 기공술을 써준 거구나."

천서영은 재중이 기공술로 자신에게 도움을 줬다고 생각하며 입가에 미소를 그렸다.

나름 재중에게 조금씩이나마 다가가고 있다는 느낌이 들었으니 말이다.

확실히 전과 달리 이번에는 재중에게 많이 다가간 것 같긴 했다.

과거였다면 자신이 덥다고 굳이 기공술로 기운을 차리게 해주는 행동을 할 재중이 아니었으니 말이다.

공항을 벗어난 지 얼마나 되었을까?

브리질 전체가 들떠 있는 분위기라는 것을 느끼는 데 그리 오랜 시간이 걸리지 않았다.

그 정도로 지금 브라질은 축제 준비에 한창인 모습이라 주변이 조금 어수선해 보였다.

하지만 오히려 그런 모습이 열정의 나라라고 알려진 브라질을 잘 보여주기도 했다.

"월드컵이 이제 얼마 안 남았네요."

천서영이 들뜬 분위기가 무엇 때문인지 잘 알기에 나직하게 한마디 하자 시우바 회장이 입가에 미소를 가득 머금었다.

"그렇지. 브라질 사람들이 가장 좋아하는 것이 바로 축구니까 말이야."

브라질 국민으로서 축구에 대해서만큼은 대단한 자부심을 가지고 있는 시우바 회장이다.

가난에서 탈출하기 위해 가장 빠르면서도 쉽게 접할 수 방법이 바로 축구인 나라가 브라질이다.

그 자부심이 남다른 것은 어쩌면 당연했다.

유럽의 축구 리그가 광적인 팬들을 양성해서 훌리건이 문제라고 하지만 브라질은 그 수준이 차원이 달랐다.

옛날 월드컵에서 자살골을 넣은 축구 선수가 브라질로 돌아와 총 맞아 죽은 사건이 일어나기도 했을 만큼, 축구는 브라질을 말하면서 절대로 빼놓을 수 없는 필수 요소였다.

그런데 그런 브라질에서 월드컵이 열린다.

국가 전체가 들썩이지 않는다면 그게 오히려 이상한 일이었다.

"모든 곳이 축구를 할 수 있는 곳이군요."

재중이 차창 밖 해변에 끝없이 보이는 아이들이 하는 놀이가 모두 축구라는 것에 나직하게 말했다.

"어쩔 수 없지. 저 아이들이 원하는 것은 오직 축구를 잘해 세계적으로 유명한 선수가 되는 것이니까 말이야."

축구는 분명 브라질의 자랑거리였다.

하지만 말하는 시우바 회장의 목소리에는 어쩐지 씁쓸한 기분이 묻어나고 있었다.

그도 그럴 것이, 저 아이들이 축구를 좋아서 하는 것은 맞을 것이다.

하지만 동시에 자신들의 가난을 벗어나기 위해서 필사적이기도 했다.

빈부 격차가 극심한 브라질이다.

부자들은 여러 방향의 길이 있지만, 반대로 브라질 국민의 대부분을 차지하는 극빈자들은 평생 남 밑에서 가난에 찌든 생활을 해야 한다.

아니면 축구로 인생을 뒤집는 것밖에는 선택할 것이 없었다.

최소한 브라질은 한국과 달리 자국의 프로선수만 되어도 가난에서 벗어날 수 있는 국가였다.

그것이 바로 브라질의 어두운 그림자이기도 했으니 말이다.

"하지만… 확실히 열정이 살아 숨 쉬는 곳이기도 하네요."

재중은 그런 브라질의 어두운 모습보다는 지금 당장 햇살이 내리쬐는 뜨거운 태양과 함께 피부로 느껴지는 사람들의 불타는 열정을 느끼고 있는 중이다.

그런데 어느 정도 도로를 자동차가 잘 달리고 있다고 생각될 때쯤,

쾅!!

요란한 소리가 울렸다. 재중과 천서영, 그리고 시우바 회장을 태운 롤스로이스 앞을 경호하면서 달리던 경호 차량이 소리의 근원지였다.

소리와 동시에 경호 차량에서 검은 연기가 피어오르고는 순식간에 뒤집어져 버렸다.

"헉!!"

교통사고를 겪어본 적이 없는 천서영이다.

그녀에게 눈앞에서 경호 차량이 공중회전을 하면서 뒤집어지는 모습은 너무나 충격적이었다.

그런데 곧이어 뒤쪽에서도 같은 소리가 들리는 게 아닌가?

꽝!!

앞쪽 차량보다 오히려 더 큰 소리가 들리더니 뒤쪽에 있던 경호 차량이 검은 연기와 함께 불꽃이 치솟으면서 정지했다.

너무나 갑작스런 상황이라 천서영은 눈만 동그랗게 뜨고 있고, 재중은 곧바로 감각을 빠르게 퍼뜨려 공격한 녀석들이 있는 곳을 살펴봤다.

반면 시우바 회장은 익숙한지, 아니면 이런 경우 어떻게 대처해야 하는지 너무나 잘 알고 있는지 운전수에게 소리쳤다.

"달려!!"

끼이이이익!! 부릉!!

운전수도 시우바 회장이 소리치자마자 곧바로 액셀을 힘껏 밟았다.

갑자기 회전한 바퀴가 타이어를 태우면서 격렬한 마찰음과 함께 순식간에 튀어나갔다.

"꺄악!!"

갑작스런 상황의 변화에 결국 비명을 지른 천서영이다.

천서영이 머리를 움켜쥐고 떨고 있는 반면 재중은 하이잭에 이어 이번에는 테러까지 당하는 상황에 자신도 모르게 피식 웃음이 나왔다.

정말 어쩌다 한 번 비행기 탔는데 공중 납치가 일어나질 않나, 시우바 회장의 부탁으로 예정에도 없던 브라질에 왔는데 공항에서 내린 지 불과 한 시간 만에 테러를 당하고 있으니 말이다.

"젠장, 빌어먹을, 산쵸카르텔 녀석들, 월드컵 기간에는 가만히 있기로 했으면서."

시우바 회장은 지금 자신을 공격하는 녀석들이 누군지 단번에 알아차린 모습이다.

하지만 서로 뭔가 약속이라도 되어 있었는지 시우바 회장도 자신이 공격받는다는 것에 많이 당황하고 있었다.

브라질에서 사업을 하면서 카르텔, 즉 마약을 전문으로 취급하는 폭력 조직을 무시하고는 절대로 성공할 수가 없었다.

당연히 시우바 회장도 카르텔과 어느 정도 인연을 맺고 있었는데, 문제가 생긴 것은 1년 전부터이다.

커피 농장의 인부들이 일은 제대로 못하면서 임금만 올려달라고 고집을 부리자 참고 참던 시우바 회장이 결국 일하는 사람을 모두 해고하고 다른 쪽 사람을 받아들인 것이다.

물론 기존의 카르텔에서 관리하던 인부에서 다른 쪽 카르텔 인부로 바꾼 것이지만 말이다.

새로 바꾼 인부들은 어리고 일도 잘했다.

원래부터 브라질에서 인금을 가장 많이 주기로 유명한 시우바 그룹의 커피 농장이기에 새로 바뀐 사람들이 열심히 일하는 것은 당연했다.

그런데 그때부터였다.

전에 있던 인부를 관리하던 산쵸카르텔에서 자신들이 공급하던 사람을 모두 해고한 것이 부당하다면서 배상금을 내놓으라고 억지를 부리기 시작한 것이다.

물론 시우바 회장은 처음엔 최대한 협상을 하려고 했다.

카르텔과 척을 져서 기업인에게 좋을 것이 하나 없다는 것을 누구보다 잘 알고 있으니 말이다.

하지만 상대가 협상할 때마다 말도 안 되는 배상금을 내놓으라고 하면서 자신들의 사람을 다시 쓰라고 고집을 계속 부렸다.

결국 참다못해 폭발해 버린 시우바 회장이 브라질 정부에 부탁해 군대를 동원한 것이다.

그리고 시작된 것이 바로 지역 마약소탕작전이라는 이름의 산쵸카르텔 청소였다.

이미 정부에서도 월드컵 때문에 민감해져 있는 상황이었다.

거기다 시우바 회장이 브라질에 미치는 영향력과 권력자들에게 뿌리는 돈을 생각하면 시우바 회장을 협박한다는 것은 곧 브라질 정부를 위협하는 것과 마찬가지다.

결국 정부가 국민의 안정을 위해서 산쵸카르텔을 대대적으로 공격한 것이다.

물론 시우바 회장의 지원 때문만은 아니었다.

정부가 그만큼 월드컵에 신경 쓰고 있다는 것을 보여주기 위한 일종의 본보기이기도 했다.

확실히 군대가 동원되자 아무리 카르텔이라고 해도 결국 버티지 못하고 무너져 버렸다.

하지만 광범위한 조직을 가진 카르텔이 크게 한 번 무너졌다고 완전히 뿌리가 사라지는 것은 아니었다.

결국 노련한 사업가답게 시우바 회장은 커다란 타격을 입고 비틀거리는 산쵸카르텔에게 다시 손을 내밀었다.

서로 손해만 볼 테니 월드컵 기간 동안만이라도 잠시 싸움을 멈추자고 말이다.

산쵸카르텔에서도 시우바 회장이 원수 같지만 지금 상황에서 날뛴다는 것은 결국 자신들의 파멸이라는 것을 잘 알기에 결국 승낙했다.

그래서 맺어진 것인 바로 시우바 그룹과 산쵸카르텔 간의 휴전 계약이다.

그게 바로 1년 전인 작년 이맘때의 일이다.

사실 폭력 조직과의 계약이라는 게 완전히 믿을 것은 못 된다.

하지만 이미 커다란 타격으로 대부분의 힘을 잃은 탓인지 시우바 회장이 조금씩 그들에게 어느 정도 다시 지원의 손길을 내밀면서 관계를 회복하려는 움직임을 보이자 산쵸카르텔에서도 과거의 일은 잊고 잘 지내자는 분위기가 만들어지고 있었다.

하지만 어디서나 꼭 문제가 있기 마련이다.

그리고 산쵸카르텔과 시우바 회장 사이에 문제라면 군대를 투입해 처음 산쵸카르텔을 무너뜨릴 때 죽은 보스의 직계 자손들이었다.

시우바 회장이 의도적으로 자신에게 도움이 되고 친한 사람들로 다시 산쵸카르텔을 잠식하는 것이 죽기보다 싫은 전 보스의 직계 자손들에게 시우바 회장의 손길은 오히려 가증스럽기만 했으니 말이다.

그들은 어떻게든 산쵸카르텔이 시우바 회장의 손에 넘어가는 상황을 막고 싶었지만 힘이 없는 상태에서는 불가능했기에 조용했었다.

시우바 회장도 굳이 조용한 전 보스의 직계 자손들을 건드려 봐야 괜히 분란만 일으킨다는 생각에 그냥 놓아두었다.

그런데 그런 방심이 1년이 지난 오늘 비수가 되어 돌아온 것이다.

"빌어먹을 놈들!!"

시우바 회장은 살기를 번뜩이며 이곳에서 빠져나가기만 하면 어떻게든 산쵸카르텔 전 보스의 직계 자손을 모두 쓸어

버리리라 다짐했다.

적이라면 가차없이 죽이거나 제거해야 되는 것, 그것이 브라질에서 사업가로 성공하는 필수적인 요소였으니 말이다.

꽝!!

하지만 롤스로이스가 불과 100여 미터를 달렸을까?

갑자기 앞쪽으로부터 커다란 충격과 함께 시커먼 연기가 시야를 가득 채우더니 차가 급격히 꺾였다.

"위험해!!"

시우바 회장은 본능적으로 차가 뒤집힌다고 생각했는지 크게 소리치고는 몸을 숙였다.

꽝꽝꽝!! 쿵쿵쿵!!

그리고 정확하게 시우바 회장이 몸을 웅크려서 충격에 대비하는 순간, 롤스로이스는 엄청난 굉음과 함께 급격하게 꺾인 힘을 이기지 못하고 옆으로 구르기 시작했다.

무려 세 바퀴나 도로를 구르다가 멈춰 섰는데, 그나마 다행이라면 차가 뒤집힌 채 서지 않았다는 정도였지만 이미 차는 더 이상 움직이는 것이 불가능한 상태였다.

"끄윽……."

그리고 아무리 충격에 대비했다고 해도 시우바 회장의 연령을 생각하면 충격이 없을 수가 없다.

물론 롤스로이스라는 차 자체도 튼튼하고 방탄차에 혹시

라도 모를 대전차미사일까지 몇 번은 견디도록 설계되어 있었다.

그래서 그나마 이 정도에 그쳤지, 일반 차였다면 아마 모두 사망하고도 남을 만큼 큰 사고였다.

"재중 군, 자네는… 괜찮은가?"

갑작스런 상황에 돌볼 생각조차 못한 시우바 회장은 뒤늦게 재중을 보면서 말을 건넸다.

한데 그의 눈에 비친 것은 옷깃 하나 구겨지지 않은 말끔한 상태 그대로 천서영을 품에 안고 있는 모습이다.

"뭐, 나름 신선한 경험이네요."

거기다 오히려 테러를 당했는데도 표정이 너무나 편안해 보이기까지 하다.

지금 재중의 이런 표정은 아무리 수십 년 전장을 누비고 다닌 특수부대원이라도 불가능한 모습이었다.

시우바 회장이 놀란 표정으로 바라보는데 재중의 표정이 굳어지면서 경고를 했다.

"아직 끝난 게 아니군요."

"응? 그게 무슨……?"

그 순간,

탕탕탕탕탕탕탕!!

타타타타타타타타타타탕탕탕탕!!

갑자기 하늘에서 총알이 쏟아지는 걸로 착각할 만큼 엄청난 소음이 사정없이 롤스로이스를 두들기기 시작했다.

이미 대전차 로켓도 견딜 수 있게 방탄 제작한 차라서 그런지 쏟아지는 총알 세계에도 뚫리지는 않았다.

하지만 총알이 부딪치는 충격이 소리가 되어 차 안을 시끄럽게 울리는 것은 어쩔 수가 없었다.

그런데도 이런 상황에 재중은 편안한 표정으로 주변을 살펴보더니 묻는 게 아닌가.

"얼마나 버티면 됩니까?"

"응?"

"아마 지금쯤이면 시우바 그룹에 회장님의 위험을 알리는 신호가 들어가지 않았을까요?"

"그걸… 자네가 어떻게……?"

이미 앞의 경호 차량이 당하는 순간 운전수가 비상벨을 누르긴 했다.

물론 지금 그 운전수는 목이 꺾여서 시체로 운전석에 앉아 있지만 말이다.

"제가 봐서… 방탄인 것을 알면서도 총질하는 것을 보니 오래 버티지는 못할 것 같은데요."

"……."

확실히 총알이 차에 부딪치는 소리가 점점 더 커지면서 소리뿐만이 아니라 피부에 느껴지는 충격도 조금씩 강해지고 있었다.

시우바 회장도 설마 녀석들이 이렇게까지 나올 줄은 모른 탓에 당장 마땅한 방법이 없었다.

아무리 시우바 그룹에서 경호원들이 출동한다고 해도 현재 위치상 빨라도 30분, 헬리콥터까지 동원한다고 해도 20분이 한계였으니 말이다.

"최대 20분만 버티면 되네."

이 상황에도 냉정하게 시간적 여유까지 정확하게 생각해 재중에게 말한다.

재중은 알았다는 듯 고개를 끄덕이더니 안고 있던 천서영을 시우바 회장에게 넘겼다.

"…왜 나에게……?"

"5분 안에 저희가 죽을 테니 움직여야겠거든요."

"응? 5분 안에… 죽는다니… 무슨……?"

재중의 말을 순간 이해하지 못한 시우바 회장이다.

자신의 롤스로이스는 방탄 제작이 기본이다.

특히나 브라질에서 타고 다니는 것은 대전차 로켓, 즉 RPG의 공격도 최대 세 번까지는 견디도록 만들어진 것이기에 이대로 20분이 아니라 30분까지도 충분히 버틸 수 있을 것이다.

그런데 재중의 말이 끝나자마자,

쿠르르르르르르르르르르르르!!

갑자기 바닥이 심하게 떨리는 소리가 들리더니 무언가 커다란 것이 다가온다는 것을 느낄 수가 있었다.

"이건… 무슨 소리……?"

방탄유리도 이미 총알 세례로 인해 희뿌연 상태다.

밖의 상황을 알 수 있는 방법은 오로지 문을 열고 나가는 것뿐이었다.

지금 몸을 떨리게 만드는 진동의 원인이 무엇인지 알 수가 없어 심각한 표정인 시우바 회장과 달리 재중은 한숨을 내쉬었다.

"아무리 방탄차라고 해도 위에서 찍어 누르는 포클레인의 힘까지는 견디지 못할 테니까요."

"포… 클레인!!"

시우바는 재중의 말에 그제야 아차했다.

지금 월드컵으로 인해 브라질은 그야말로 온 국가가 공사 중이라고 해도 과언이 아니었다.

그리고 지금 자신들이 있는 곳은 해변 도로로 유명한 곳이라 관광객을 유치하기 위해 대대적으로 도로 재정비 공사 중이었다.

한마디로 포클레인 정도는 얼마든지 구할 수 있는 환경인 것이다.

그리고 아무리 방탄 제작된 롤스로이스라고 해도 포클레인의 강력한 힘으로 찍어 누른다면, 아니, 하다못해 그냥 엄청난 무게의 포클레인이 몇 번 밟고 지나가기만 해도 꼼짝없이 깔려 죽을 수밖에 없다.

"씹어 먹을 카르텔 놈들!!"

녀석들이 정말 작정하고 자신을 죽이려 했다는 것에 극도의 분노를 느끼고 눈을 부릅뜬 시우바 회장이다.

시우바 회장은 지금 당장 자신이 할 수 있는 것이 없다는 것이 더욱 억울하고 화가 났다.

그런데 안전벨트를 푼 재중이 목을 한 번 꺾으면서 마치 스트레칭을 하듯 몇 번 움직이더니,

"죽기 싫으면 죽여라. 아시죠?"

가볍게 한마디 하곤 갑자기 시우바 회장이 보는 앞에서 땅속으로 꺼지듯 사라져 버렸다.

"허억!! 뭐, 뭐야?!"

너무나 당황한 시우바 회장이 자신도 모르게 소리쳤다.

하지만 이미 재중은 차 안에서 감쪽같이 사라진 뒤였다.

Chapter 11
약간의 능력 개방

재중귀환록

"아주 작정을 해도 단단히 했구나."

시우바 회장과 지금 습격한 녀석들 사이를 자세히는 알지 못한다.

하지만 재중은 너무나 간단한 원칙으로 움직였기에 고민할 필요가 없었다.

공격하면 적, 그리고 적이라면 제거, 아니면 전멸시키는 것이 최선이다.

"뭐, 뭐야, 저 원숭이는?!"

갑자기 롤스로이스 문 앞에 재중이 나타나자 산쵸카르텔

녀석들은 순간 자신들이 헛것을 보았나 싶은 생각에 서로를 쳐다보았다.

하지만 모두가 같은 것을 보고 있는 듯했다.

그때 가장 뒤에 있던 수염이 덥수룩한 50대 후반의 남자가 소리쳤다.

"그냥 쏴 죽여!"

어차피 오늘 이곳의 목격자도 다 죽일 생각이었다.

자신들이 아니면 무조건 쏴버리기로 한 것이다.

"쏴!! 그냥 죽여 버려!!"

죽이는 데 이유는 없었다.

그저 자신들 눈에 띄었다는 이유, 그것 하나뿐이다.

"내가 죽이지, 뭐."

빈손의 재중과 자동소총을 가진 카르텔, 이미 결과는 뻔하다.

가장 앞에 있던 녀석이 재중의 몸통을 조준하고 방아쇠를 당기자,

탕!

공기를 찢는 듯한 굉음과 함께 자동소총의 총구에서 불이 뿜어져 나왔다.

그런데,

팅!

재중의 심장을 향해 날아가던 총알이 은빛의 빛에 가로막히더니 튕겨져 나갔다.

그리고 분명히 빈손이던 재중의 오른손에 은빛의 평범해 보이는 장검 한 자루가 들려 있다.

"뭐야?"

"빈손이었잖아?"

총을 쏜 녀석도, 옆에서 그걸 지켜본 녀석들도 모두 지금 헛것을 보았나 했다.

상식적으로 총과 칼의 싸움은 거리가 벌어진 이상 무조건 총의 압승인 것은 어린애도 아는 사실이다.

다시 총구를 재중에게 겨냥한 녀석이 이번에는 세 발을 연달아 쐈다.

탕탕탕!!

총구에서 뿜어지는 불과 함께 정확하게 재중을 향해 날아가는 총알.

하지만 그것도 역시나 은빛의 기다란 호선이 그려지더니 세 발의 총알 모두 튕겨져 나가는 황당한 일이 벌어졌다.

"저 녀석… 뭐야?!"

카르텔 녀석들이 갑자기 당황하기 시작했다.

칼로 총알을 튕겨내다니, 도무지 이해가 가지 않는 일이다.

하지만 지금 자신의 눈앞에서 분명히 벌어진 일이기에 어리듬절해하는 카르텔 녀석들이다.

그런데 그 잠깐의 순간,

씨익~

재중의 입가에 미소가 그려지더니,

스윽~

카르텔 녀석들이 보는 앞에서 재중의 몸이 사라져 버렸다.

마치 연기가 되어 공기 중에 흩어져 버리듯 말이다.

"뭐야?!"

"어디 갔어?!"

한순간 재중이 사라져 버리자 순식간에 카르텔 녀석들은 눈뜬장님이 되어버렸다.

그리고 재중이 사라지고 난 후 녀석들의 귓가를 파고드는 소리가 있었다.

서걱!

털썩!

터걱!

처음 재중을 향해 총을 쏜 앞에 있던 녀석의 목이 갑자기 하늘로 치솟았다.

그리곤 시뻘건 피를 뿜어내면서 땅바닥에 쓰러져 버린 것이다.

목을 잃은 몸이 바닥에 쓰러지고 나서야 하늘로 치솟은 잘린 머리가 뒤이어 바닥에 떨어졌다.

머리가 깨지는 둔탁한 소리가 카르텔 녀석들의 귓속을 무섭게 파고들었다.

"뭐, 뭐야, 이건?!"

아무것도 없는데 갑자기 앞에 있던 동료의 목이 잘려서 하늘로 날아오른 것이다.

지금 이 믿을 수 없는 상황을 지켜본 녀석들은 지금 이게 현실인지 아닌지 판단이 서질 않았다.

그런데 갑자기 한 녀석의 시야가 휙 바뀌더니 하늘이 보이기 시작했다.

'뭐지? 왜 갑자기 하늘이 보이는 거지?'

자신은 분명 땅바닥에 널브러진 동료의 목 없는 시체를 보고 있었는데 갑자기 시야가 흐릿해지더니 하늘이 보인다.

이상하다고 생각하는 순간,

터걱!

둔탁한 소리와 함께 순식간에 땅바닥이 눈앞에 다가와 있다.

'뭐야? 왜 땅이 보여? 그리고 저… 옷은… 내 옷인데?'

땅바닥에 떨어진 녀석의 눈앞에 오늘 자신이 입은 옷을 입고 있는 목 없는 시체가 천천히 허물어지는 장면이 보였다.

하지만 녀석은 그 순간까지도 자신의 목이 잘려 떨어졌다는 사실을 인식하지 못하고 있었다.

그리고 동시에 세 명의 동료가 목이 잘리면서 쓰러지는 장면이 보였다.

그걸 보고서야 녀석은 깨달았다.

'나… 죽은 거야?'

죽는다면 당연히 있어야 하는 고통도, 아픔도 없이 그저 무감각했다.

그러나 지금 눈앞에 쓰러진 목 없는 시체가 자신의 몸이라는 것을 인식하는 순간, 엄청난 공포가 녀석의 머릿속에 가득 차기 시작했다.

하지만 녀석의 공포가 끝을 내기도 전, 목이 나뉜 시체가 차갑게 식으면서 고깃덩어리가 되어버렸다.

"말도 안 돼!! 이건 있을 수 없는 일이야!! 저런 괴물이 시우바 회장의 경호를 맡고 있다는 말은 듣지 못했단 말이야!!"

순식간이었다.

무려 열여덟 명의 부하가 목이 잘려 죽어버린 것이 말이다.

겨우 10초?

아니, 길게 잡아도 15초 정도의 아주 짧은 순간이었다.

오로지 칼만으로 자동소총으로 무장한 카르텔 무장병력을 모두 죽여 버린 것이다.

그리고 마지막으로 남은 검은 수염 녀석 앞에 서 있는 재중의 입가에 미소가 살짝 걸려 있다.

"누구에게 들었지?"

조용히 귓가를 파고드는 재중의 목소리였다.

순간 온몸의 털이 곤두서는 것을 느낀 검은 수염은 본능적으로 떨어지려고 뒷걸음질을 쳤지만 몸이 움직이질 않았다.

이미 털보가 재중과 눈이 마주치는 순간 미약하지만 살기를 섞은 드래곤 아이가 발동했다.

드래곤 아이가 걸린 상태에서 벗어난다는 것은 불가능했다.

"누구에게 들었지?"

다시 재중의 조용하지만 귓가를 파고드는 목소리에 털보는 자신도 모르게 입을 열었다.

"…세르지오… 바르틴 세르지오… 에게……."

"고마워."

듣고 싶은 것을 들은 재중이 그대로 털보의 목을 잡고는 힘을 주자,

우드드득!!

수수깡이 부러지듯 가벼운 소리와 함께 목이 부러지며 죽어버렸다.

드르르르르륵!!

드르르르르르륵!!

그런데 그렇게 모든 상황이 끝났다고 생각하는 순간, 땅이 울리면서 재중을 향해 커다란 포클레인이 맹렬히 돌진해 오기 시작했다.

"감히!! 내 가족을!! 짓밟아 죽여 버리겠어!!"

잠시 아차하는 순간 자신의 가족이 다 죽어버린 것에 포클레인에 남아 있던 녀석이 흥분하고 말았다.

흥분한 카르텔 녀석이 눈에 핏발을 세우고는 재중을 향해 돌진해 왔다.

이건 누가 봐도 재중이 깔려 죽어도 이상하지 않았다.

그만큼 무섭게 달려들고 있었다.

하지만 재중은 포클레인이 커다란 삽을 들고 당장이라도 내려찍을 기세로 다가오는데도 가만히 서서 그 모습을 지켜보고 있을 뿐이다.

"죽어라!! 이 원숭이 새끼야!!"

쿠르르르르!!

강한 엔진 소리와 함께 포클레인의 커다란 삽이 재중의 머리 위로 떨어져 내리기 시작했다.

과학이 만든 최고의 기계, 강력한 힘으로 바위조차도 한 방에 쪼개 버리는 엄청난 파괴력을 가진 것이 바로 포클레인의 삽이었다.

그것이 겨우 인간의 머리 위에서 떨어져 내리고 있는 것이다.

그런데 그걸 보면서도 피할 생각조차 하지 않는 재중이다.

그 모습은 카르텔 녀석에게 재중이 포클레인의 위력에 겁을 먹어서 굳어버렸다는 엄청난 착각을 주기에 충분했다.

"크하하하!! 죽어라, 원숭이!!"

쾅!!

거의 재중의 머리 위에 삽의 이빨이 닿을 무렵이다.

갑자기 재중의 그림자에서 시커먼 창이 튀어나오더니 내려찍는 포클레인의 커다란 삽을 막으며 멈춰 세웠다.

정확하게 포클레인이 재중의 머리카락에 닿기 직전에 말이다.

끼기기기기끽!!

그런데 멈춘 것만이 아니었다.

창이 천천히 올라오면서 포클레인의 삽을 밀어 올리기 시작한 것이다.

그리곤 순식간에 창이 포클레인을 완전히 밀어내 버리는 황당한 상황이 벌어졌다.

"뭐, 뭐야, 저건?"

카르텔 녀석은 재중의 그림자에서 창이 튀어나오는 것도 황당한 데 포클레인이 통째로 뒤로 밀리자 혼이 나가 버렸다.

완전히 포클레인이 밀려나자 재중 앞에 시커먼 갑옷을 입은 중세시대의 기사가 서 있었다.

"산산이 부숴 버려라."

재중은 흑기병이 완전히 모습을 드러내자 미련 없이 몸을 돌려 롤스로이스 쪽으로 걸음을 옮겼다.

반면 흑기병은 재중의 명령이 떨어지자,

―네, 마스터.

대답과 함께 세운 창을 비스듬히 눕혀서 몸을 웅크리기 시작했다.

철컹철컹, 철컹!

아만티움의 갑옷끼리 부딪치면서 요란한 소리가 울렸다.

하지만 그것보다는 흑기병의 몸이 갑옷을 입은 채로도 유연하게, 거의 'C' 자 형태로 구부린 것이 더욱 신기할 만큼 특이한 모양을 만들었다.

그리고 잠시 정적이 흐른 뒤,

쾅!!

갑자기 흑기병이 서 있던 곳에서 엄청난 폭음과 함께 폭탄이 터지듯 흙먼지가 하늘로 치솟았다.

그리고 그렇게 치솟은 흙먼지보다 한참 위에 시커먼 흑기병이 서 있다.

치솟은 높이만 해도 족히 100미터는 가볍게 넘을 만큼 높이 올라간 흑기병이었다.

흑기병은 한없이 하늘로 올라갈 것 같더니 서서히 속도가 줄기 시작하다가 정점에 달했는지 잠깐 공중에 멈췄다가 다시 땅으로 떨어지기 시작했다.

쐐애애애애애액!!

그런데 흑기병이 떨어지는 속도가 왠지 비정상적으로 빨랐다.

마치 하늘에서 흑기병의 몸을 집어 던진 것처럼 빠르게 떨어지기 시작했다.

그리고는 급기야,

퍼어어엉!!

공기가 찢어지면서 폭음이 소리가 하늘을 진동시키는 게 아닌가?

콰쾅!!!

정확하게 포클레인 위로 떨어져 내린 흑기병이 거대한 철갑괴물에 가까운 포클레인을 블록 장난감을 부수듯 가볍게 부숴 버리고는 오연하게 땅에 선 채로 모습을 드러냈다.

포클레인이 흑기병의 양쪽으로 마치 하늘에서 커다란 손이 잡고 찢어버린 듯한 모습으로 산산이 분해가 되어 흔적만 남아 있다.

포클레인 안에 타고 있던 카르텔 녀석도 시체조차 찾기 힘들 만큼 산산이 분해가 된 것은 당연했다.

강철로 만들어진 포클레인조차 흑기병의 돌진 충격을 이기지 못하고 찢어졌다.

연약한 인간의 몸이 버텨낼 리가 없다.

똑똑!

"접니다. 이제 문 열어도 되니 나오세요."

재중이 모든 상황이 끝나자 차를 두드리며 말했다.

흑기병도 조용히 포클레인을 처리하고 나서 어둠 속으로 다시 사라진 상태이고 말 그대로 상황 자체가 끝나 버린 것이다.

위험도 없는데 계속 갑갑한 방탄차 안에서 있어야 할 이유가 없다.

재중이 차 문을 두들기면서 말했지만 문을 열지 않는 시우바 회장이다.

재중이야 상황이 끝났기에 한 말이다.

그러나 재중이 그런다고 바로 문 열 만큼 시우바 회장이 순진한 사람은 아니었으니 어쩌면 당연했다.

혹시라도 재중이 카르텔 녀석들의 인질이 되어 문을 열라고 할 수도 있으니 말이다.

"보기보다 겁이 많으시구먼."

갑갑한 차 안에 계속 있겠다고 한다면야 딱히 말릴 일은 없다.

하지만 조금 전 차가 구르면서 충격을 받은 시우바 회장이
다.

재중은 그의 몸 상태가 갑갑한 차 안에 있어봐야 별 도움이
안 된다는 것을 알았다.

별수 없이 억지로 나오게 하기 위해 방탄차의 문 열리는 쪽
에 손가락을 집어넣었다.

털컹!

재중은 단번에 가볍게 문짝을 뜯어내 버리고는,

휙~!

텅텅!!

마치 쓰레기 캔을 버리듯 멀리 던져 버렸다.

"…재중 군?"

시우바 회장 입장에서는 갑자기 차 문이 뜯겨져 나가 버린
셈이다.

당연히 황당해서 어쩔 줄 몰라 했다.

막상 문이 열렸는데 눈앞에 재중이 웃는 얼굴로 서 있자 멍
한 표정으로 재중을 부른 시우바 회장이다.

"안전하니 이제 나오세요. 허리도 좋지 않으신 분이 갑갑
한 곳에 있으면 좋지 않으니까요."

마치 농을 걸 듯 말한 재중이 시우바 회장의 품에 아직 잠
들어 있는 천서영을 넘겨받아 들고는 그녀의 목덜미를 살짝

건드렸다.

"으음?"

그제야 잠에서 깨듯 눈을 뜬 천서영이다.

조금 전 그렇게 차 안을 부숴 버릴 듯 두들기던 총알 세례에도 잠들어 있던 그녀라고는 믿어지지 않을 만큼 편안한 표정으로 말이다.

"어머?!"

하지만 눈을 뜬 지 몇 초가 지났을까?

천서영은 잠들기 전의 기억이 떠올랐는지 화들짝 놀랐다.

놀라서 재중을 쳐다보던 천서영은 자신이 지금 안겨 있다는 것을 깨닫고는 얼굴이 붉어졌다.

"저기… 내려주시면……."

좋아하는 남자에게 안긴 것은 기분 좋은 일이지만 그렇다고 계속 안겨 있자니 뭔가 쉬운 여자 같아 보일 것 같기도 하고 여러 가지고 복잡한 마음이다.

천서영은 결국 재중의 품에서 벗어나 자신의 두 발로 섰다.

그리고 그제야 주변을 돌아보는 여유를 가질 수 있었는데,

"꺄악!!"

그녀의 눈에 가장 먼저 들어온 것은 목이 잘린 채 부릅뜬 눈으로 죽어 있는 카르텔 녀석들의 시체였다.

당연히 시체는커녕 아직 생선조차 손질해 본 적이 없는 천

서영은 난리를 치면서 재중의 등 뒤로 숨었다.

"설마… 자네가……?"

시우바 회장도 낑낑거리면서 겨우 밖으로 나와서 현장을 보고는 할 말을 잃었다.

재중이 밖으로 나간 뒤 간헐적으로 총소리가 들렸고, 그리고 마지막으로 엄청난 폭발 소리가 들렸기에 무슨 탱크라도 와서 전쟁을 치르는 줄 알았다.

한데 막상 밖으로 나와 현장을 보니 이건 테러가 아니라 국가 간의 전쟁이라도 치른 것 같은 현장에 할 말을 잃은 것이다.

뒤쪽엔 포클레인으로 보이는 고철이 바닥에 널브러져 있었다.

시우바 회장의 예상대로 목이 잘린 채 죽어 있는 녀석들은 전부 시우바 회장을 노골적으로 싫어하던 산쵸카르텔 전 보스의 직계 자손들이다.

그런데 대충 숫자만 세어봐도 이번 일로 산쵸카르텔의 죽은 보스의 직계 자손은 모두 죽어버린 듯했다.

시우바 회장도 잠재적인 적이 분명한 녀석들의 얼굴을 익혀두고 있었다.

그의 기억 속 녀석들의 얼굴이 모두 보였으니 말이다.

애애애앵!! 애애애애앵!!

방탄차에 기대어 거의 10분이나 지나서야 저 멀리서 요란한 사이렌 소리가 들렸다

　브라질 경찰과 시우바 그룹에서 파견된 경호원들이 들이닥쳤는데, 그들도 설마 모든 상황이 끝나 있을 줄은 몰랐는지 어리둥절한 모습들이다.

　하지만 시우바 회장이 나서서 자신의 힘을 이용해 오늘 일을 조용히 묻어버렸다.

　월드컵이라는 전 세계인의 축제를 앞두고 테러가 발생했다고 뉴스라도 뜨면 확실히 국가적으로 손해가 심할 것은 당연했다.

　그리고 피해자인 시우바 회장이 적극적으로 나서자 경찰도 조용히 흔적을 치워 버리고는 묻어버렸다.

　그저 공사 중에 포클레인이 사고로 폭발했다는 작은 거짓 기사만이 지역 신문에 잠깐 실렸다가 사라졌다.

Chapter 12
여난의 시작?

재중귀환록

"미안하게 됐네."

완전무장한 헬리콥터까지 경호하면서 무사히 도착한 곳은 시우바 회장이 머무는 저택이었다.

시우바 회장의 저택을 둘러싸고 있는 모든 저택이 그를 경호하기 위한 인력이 머무는 숙소라는 것은 나중에 알게 되었다.

어림잡아 수백 명의 경호원이 지키고 있는 곳이라는 것을 알고는 재중은 청와대가 안전할까, 아니면 시우바 회장의 저택이 안전할까 잠깐 비교해 보고는 기억에서 지워 버렸다.

쓸데없는 생각이니 말이다.

반면 시우바 회장은 재중을 보고는 정중하게 사과했다.

전적으로 자신 때문에 재중이 테러를 당했으니 말이다.

한국 사람으로 태어나 자란 재중에게 테러란 정말 평생, 아니, 죽을 때까지 한 번 겪을까 말까 한 일이다.

그 증거로 천서영은 나름 평온한 표정을 하고 있지만 누군가 갑자기 곁으로 다가오면 깜짝깜짝 놀라는 반응을 보였다.

시우바 회장이 책임지고 천서영에게는 심리치료를 위해 모든 것을 지원하겠다고 약속한 상태이다.

저택에 오자마자 천서영이 가장 먼저 시우바 회장의 주치의에게 심리치료를 받았다.

그나마 그 덕분에 지금 평온하게 앉아서 차를 마시는 여유를 가질 수 있는 것이다.

"도대체 자네는… 왜 숨어 지내는 건가?"

재중의 치료술이야 워낙에 압도적이다 보니 시우바 회장도 세상모르게 살아가는 마음을 충분히 이해했다.

하지만 오늘 테러에 보인 모습은 또 다른 이야기였다.

재중의 능력이 무엇인지는 정확히 알지 못한다.

하지만 총알조차 뚫지 못하는 방탄차에서 연기처럼 사라진 것만 봐도 이미 재중의 능력이 자신이 생각하는 것 이상으로 뛰어나다는 것은 짐작하고도 남았다.

목숨만 붙어 있으면 누구든지, 어떤 상태를 가리지 않고 모두 살려내는 치료술로도 부족한지, 총알을 퍼붓는 테러까지 가볍게 처리하는 무력까지 가지고 있다.

놀라운 재중의 모습에 오히려 왜 재중이 숨어 지내는지 이해가 가지 않는 시우바 회장이다.

그런 치료술에 무력이라면 다른 건 몰라도 남자로 태어나 뭔 짓을 한번 벌이고도 남는다.

한데 재중에게서는 그런 혈기를 전혀 찾아볼 수가 없으니 더더욱 궁금증만 커져갔다.

"제가 숨어 지낸다고 생각하십니까?"

"그럼 이게 숨어 지내는 게 아니고 뭐란 말인가? 힘을 드러내지 않고 치료술조차 아는 사람이 극히 손가락에 꼽을 정도이니 말이야."

씨익~

갑자기 재중이 말하다 말고 미소를 지었다.

그 미소를 본 시우바 회장은 자신도 모르게 팔에 소름이 돋는 경험을 했다.

겨우 웃었을 뿐인데 오랫동안 위험을 감지하는 것에 단련된 시우바 회장의 본능이 위험하다고 즉각 반응한 것이다.

"전 지금까지 그 누구로부터도 숨거나 피한 적이 없습니다."

오싹오싹!

재중의 말 한마디 한마디가 시우바 회장의 본능을 계속 자극하고 있다.

그 증거로 이제는 식은땀까지 흘리고 있었으니 말이다.

"그, 그럼 뭐란 말인가? 도대체 자네는……."

"그저 조금 특이한 능력과 힘을 가진 사람, 뭐, 그 정도일까요?"

"……."

재중의 말은 시우바 회장이 100% 믿기에는 좀 무리가 있었다.

하지만 조금 생각을 달리해 보면 사실 재중은 지금까지 무언가를 겁내거나 조바심을 낸 적이 단 한 번도 없었다.

시우바 회장이 봐도 재중은 마치 인생의 연륜이 느껴지는 노인에게서나 볼 수 있는 여유가 느껴졌으니 말이다.

마치 은둔기인 같다고 해야 할까?

자신이 가진 힘을 너무나 잘 알고 있기에 세상과 달리 조용하게 살아가는 그런 사람들 말이다.

재중을 보고 있으면서 이상하게 느껴지는 어색함은 아마 인생의 끝을 바라보는 시우바 회장 자신보다 더욱 인생의 연륜이 느껴지는 여유 때문일지도 몰랐다.

"자네가 원하는 게 뭔가?"

방금의 질문은 시우바 회장에게 나름 중요한 의미를 가지고 있다.

그저 퀸 오브 썬라이즈를 부활시킨 대어를 잡았다고 생각했었다.

그런데 실제 뚜껑을 열어보니 오히려 자신이 용의 발에 잡혀서 어쩔 수 없이 같이 가야 하는 신세가 되었으니 말이다.

"그냥 여동생이 좋은 곳에 시집가서 잘살다 편안하게 눈을 감는 것을 보는… 정도일까요?"

"허얼, 소박하구만."

정말 재중이 말한 것이 진심으로 느껴질 만큼 재중의 눈동자에 진실함이 보였다.

시우바 회장은 믿기로 했다.

물론 믿지 않는다고 해도 자신이 할 수 있는 것은 없기도 했다.

그보다 너무나 평범한 것이라서 살짝 남는 의심까지는 지우지 못했다.

어쨌든 지금은 의심보다 재중에 대한 궁금증이 더 강했다.

어차피 아무리 의심해 봐야 재중이 그렇다는데 어떻게 하겠는가?

그냥 그런가 보다 하고 믿을 수밖에 없으니 말이다.

"그런데 만약 내가 자네를 배신한다면?"

재중은 시우바 회장의 눈동자를 통해 자극적인 질문을 한 것이 일부러 자신을 떠보려고 한 것임을 눈치챘지만 일부러 모른 체했다.

하지만 그런 말을 쉽게 한다는 게 왠지 괘씸했기에 경고는 해줄 생각으로 살기를 살짝 일으켰다.

재중의 눈동자가 은색으로 바뀌었다.

"크윽!!"

정말 찰나의 순간이었다.

재중의 눈동자가 은색으로 바뀌었다고 느끼는 순간, 마치 주변 공기가 얼음이 된 것처럼 시우바 회장을 꼼짝도 못하게 묶어버린 것이다.

그런데 더욱 무서운 것은 눈동자를 제외한 모든 기관이 마비된 것처럼 굳어버린 것에 비해 감각은 오히려 민감해졌다는 사실이다.

"농담이라도 그런 일이 생긴다면 뭐, 강도에 따라 대가가 따르겠지요. 작게는 저에 대한 것을 잊는 것부터 시작해… 마지막은……."

씨익~

알아서 생각하라는 듯 웃음으로 마무리 지은 재중이 언제 그랬냐는 듯 살기를 거두어들였다.

그제야 자신을 압박하던 것에서 풀려난 시우바 회장은 가뻔 숨을 몰아쉴 수가 있었다.

"헉헉헉헉! 자네는 정말… 무서운 사람이야. 정말로."

지금의 대화로 시우바 회장이 재중에 대해서 파악한 것이 작지 않았다.

물론 공포를 느끼긴 했지만 결코 대가가 작지 않았기에 나름 만족하는 중이다.

이기적이다.

자기중심적이다.

그리고 자신의 틀에서만 보호한다.

하지만 한 번 자신의 틀에 들어온 것은 끝까지 책임진다.

마지막으로 어떻게든 배신하는 순간 재중의 숨겨진 진짜 얼굴을 보게 된다는 것.

이것 하나만으로도 엄청난 성과를 거둔 것이나 마찬가지다.

퀸 오브 썬라이즈도 물론 대단했다.

하지만 시우바 회장은 왜 천 회장이 그토록 금지옥엽인 천서영을 재중과 짝을 지어주려고 했는지 확실하게 깨달았다.

적이라면 세상에서 가장 두려운 사람, 하지만 가족이라면 세상에서 가장 확실한 방패가 바로 재중이라는 존재였다.

그걸 천 회장은 알고 있는 것이다.

물론 시우바 회장도 조금 늦었지만 알아챈 이상 가만있진 않겠지만 말이다.

사실 시우바는 재중이 마음에 들었고, 자신의 뒤를 이어서 시우바 그룹에 많은 도움이 되었으면 하여 미래를 위해 투자한다는 생각으로 재중을 초대한 것이다.

그런데 뜻하지 않은 산쵸카르텔의 테러로 인해 이제는 절대로 적이 되어서는 안 되는 사람이 되어버렸다.

그리고 이왕 적이 되어서는 안 되는 사람이라면 가족으로 만드는 것만큼 확실한 것도 없다.

"할아버지?"

"오, 왔느냐!"

일부러 맞춘 듯한 타이밍이다.

재중과 시우바의 대화가 끝나자마자 적당한 타이밍에 미모의 여자가 들어와 시우바의 품에 안겨들었다.

"걱정했어요. 산쵸카르텔 녀석들이 배신했다면서요?"

"오냐, 오냐. 후후훗. 하지만 걱정하지 마라. 이렇게 멀쩡하니까 말이야."

"정말 다행이에요. 난 무슨 일이라도 생기는 줄 알고 얼마나 놀랐는데요."

검은 머리에 브라질 특유의 구릿빛 피부가 잘 어울리는 건강미 넘치는 미녀이다.

그리고 브라질 특유의 개방적이면서도 자유분방한 성격을

그대로 담고 있는 듯했다.

한참을 시우바 회장과 이야기를 나누고 나서야 재중이 있다는 것을 알았는지 슬쩍 한 번 보고는 다시 시우바 회장을 본다.

"누구세요?"

그녀가 보기에 재중의 검은 머리카락이 너무나 이국적인 모습이기에 물어봤다.

시우바 회장은 너털웃음을 터뜨리며 양쪽을 소개했다.

"소개하지. 이쪽은 내 손녀 캐롤라인, 그리고 저쪽은 한국에서 온 내 손님인 선우재중이라고 하지."

"반가워요. 전 캐롤라인이에요. 그냥 캘리라고 불러도 돼요. 할아버지 손님이라면 충분히 자격이 있으니까."

처음 본 남자에게 손을 내밀면서 먼저 인사하는 모습이다.

재중도 웃으면서 손을 마주 잡고 악수를 했는데, 캐롤라인으로선 의외의 상황이 벌어졌다

"만나서 반갑습니다, 캘리 양."

"어머! 우리 말 잘하시네요?"

동양권 사람 중에 포르투갈어 발음이 깔끔한 경우를 거의 보지 못한 캐롤라인이다.

그런데 재중의 발음이 브라질에 사는 사람인 줄 착각할 만큼 유창했기에 놀란 것이다.

"별말씀을."

재중이 정중하게 대답하자 캐롤라인이 눈빛을 반짝이더니 재중의 앞에 얼굴을 바싹 들이대는 게 아닌가?

보통의 남자라면 미모의 캐롤라인이 다가오면 놀라서 당황하거나 표정에 변화라도 있겠지만 재중은 그저 편안한 모습 그대로이다.

"후후후훗, 잘생겼네요."

본인 앞에서 대놓고 말하는 모습에 오히려 옆에 있던 천서영이 놀라 어쩔 줄 몰라 했다.

재중은 싱긋 웃을 뿐이다.

"캐롤라인 양도 미인이십니다."

형식적으로 하는 인사지만 이상하게 그것이 마음에 든 캐롤라인이다.

무엇보다 지금까지 자신이 이렇게 얼굴을 들이댔는데 재중처럼 표정에 변화가 전혀 없는 사람은 처음이니 말이다.

아니, 표정에 변화가 없다기보다 아예 관심이 없다고 해야 정답이다.

한편 지금 재중과 캐롤라인은 조금만 한쪽이 움직이면 키스해도 이상하지 않을 만큼 가까이 붙어 있어 그 모습에 가슴을 졸이는 사람이 있었다.

'아, 저러다… 사고라도…….'

천서영의 입장에서는 캐롤라인과 재중이 혹시라도 실수로 키스하는 날에는 정말 대형사고가 터지는 것이나 마찬가지이기에 걱정스런 눈빛으로 쳐다보고 있는 중이었다.

딱히 자신이 재중의 연인도 아니고 본래 재중의 미국행 가이드를 겸해서 따라온 상황이었으니 말이다.

속으로는 지금 당장 재중과 떨어지라고 소리치고 싶은 심정이 굴뚝같았지만 참고 바라만 봐야 하는 것이 안타까울 뿐이다.

"재중 씨, 이제 스케줄이 어떻게 되죠?"

재중이 마음에 들었는지 스케줄을 묻는 캐롤라인의 말에 돌연 천서영이 대답했다.

"현재 정해진 건 없어요. 시우바 회장님의 초대로 본래 일정에 없던 브라질 여행이라서요."

"……"

캐롤라인은 재중이 워낙에 포르투갈어를 잘하기에 천서영도 당연히 포르투갈어를 할 줄 알았는데 영어를 하자 잠시 멀뚱하니 쳐다봤다.

발음도 딱히 좋지도 않지만 알아듣기 힘들 만큼 나쁘지도 않은, 정말 캐롤라인이 평소에 알고 있던 아시아인들의 영어 발음 그대로였다.

"그쪽은 누구죠?"

천서영이 영어로 했기에 캐롤라인도 영어로 물어보자,

"천산그룹의 천서영이라고 해요."

반짝!

천서영이 자신을 밝히자 또다시 캐롤라인의 눈빛이 반짝였다.

캐롤라인이 천서영을 유심히 살펴보고는 재중을 쳐다보면서 물었다.

"재중 씨, 혹시 애인 있어요?"

발끈!

천서영은 포르투갈어를 잘하지 못하기에 일부러 영어를 썼을 뿐, 듣는 것은 충분히 생활하는 데 지장이 없을 만큼 알아듣는 편이었다.

그렇다 보니 당연히 방금 캐롤라인이 재중에게 물은 질문의 핵심이 무엇인지 단번에 파악하고 자신도 모르게 발끈할 수밖에 없었다.

듣기에는 재중에게 애인이 있느냐고 물어보는 것 같지만 사실 저 질문은 천서영이 재중의 애인이냐고 물어보는 것이나 마찬가지였으니 말이다.

여자이기에 알아들을 수 있는 언어의 표현이랄까?

아무튼 말과 달리 의도는 정확하게 파악한 천서영이었다.

씨익~

거기다 천서영을 슬쩍 보면서 입가에 미소를 짓는 캐롤라인의 저 웃음이 지금 그 생각에 확신을 주었으니 말이다.

그리고 사실 재중의 대답이 뭔지 뻔히 아는 천서영이기도 했다.

"아니요."

역시나 천서영의 예상대로 재중이 없다고 대답했다. 그러자 마치 캐롤라인은 자신이 승리한 듯한 표정으로 천서영을 쳐다보았다.

천서영도 지금 캐롤라인의 웃음이 무얼 의미하는지 너무나 알았다.

화가 났지만 지금 자신의 입장상 화를 낼 수도 없기에 그저 참고 있을 뿐이다.

자신이 좋아하는 남자에게 다른 여자가 접근해서 도발한다면?

이건 여자로서 자존심이고 뭐고 정말 다 때려치우고 싶은 심정일 것이다.

그리고 지금 천서영이 딱 그 상황이었다.

거기다 상대는 천산그룹의 손녀라는 자신의 백그라운드조차 가볍게 무시할 만큼 대단한 시우바 그룹의 손녀였다.

거기다 이미 브라질에서 모델로 인기가 높은 미녀 중의 미녀이니 말이다.

'할아버지, 아무래도 라이벌이 생긴 것 같아요. 그것도 강력한 라이벌이요.'

천서영은 브라질에 올 때부터 예상은 했지만, 설마 캐롤라인의 미모가 이 정도로 대단할 줄은 생각지도 못했다.

하지만 그런 미모보다 정작 천서영을 당황시킨 것은 그녀의 성격이었다.

마치 표범 같은 성격으로 마음에 들면 무작정 돌진하는 것이 천서영과는 완전 반대의 타입인 것이다.

어느 정도 비슷하기라도 하면 적당히 견제라도 할 텐데 완전 반대 성격을 가진 여자가 재중 앞에 나타났으니 난감할 수밖에 없었다.

거기다 재중이 마음에 들었는지 첫 대면부터 적극적으로 재중에게 대시하는 모습에 오히려 천서영은 살짝 그녀가 부럽기까지 했다.

웬만한 자신감이 아니고서는 첫 대면에 남자에게 들이대는 여자는 없으니 말이다.

"어때요? 브라질에 왔다면 이파네마 해변은 한 번쯤 가봐야 하지 않아요?"

"……?"

재중은 브라질에 대해 거의 문외한이기에 캐롤라인이 말한 이파네마 해변이 어딘지 몰랐다.

그저 유명하다 하니 부산의 해운대 정도이지 않을까 생각했다.

"재중 씨."

"네."

"혹시 서핑 해보셨어요?"

"서핑이면… 파도 타는 그건가요?"

"네, 맞아요."

사실 한국에서 서핑하는 사람 보기기 그리 쉽지 않다 보니 재중은 고개를 저었다.

그러자 캐롤라인은 눈을 반짝거리면서 어린아이처럼 좋아하더니 물었다.

"어때요. 제가 서핑 가르쳐 줄게요. 한번 해볼래요?"

"……!"

옆에서 듣던 천서영은 너무나 자연스럽게 재중에게 친근하게 다가가는 캐롤라인의 모습에 놀라고 있었다.

캐롤라인은 계속해서 남자를 상대로 차원이 다른 스킬을 보여주고 있었으니 말이다.

설마 서핑을 핑계로 친근하게 다가갈 줄은 전혀 예상하지 못했다.

한국의 여자는 현모양처로 남편을 잘 섬기는 여자가 최고라는 인식이 강하다.

반면 브라질은 즐기는 여성, 그리고 인생을 함께하는 사람이라는 인식이 강하기에 이런 결과가 벌어진 것이다.

특히 재벌가에서 태어난 천서영은 어릴 때부터 예절 교육을 철저하게 받으면서 자신을 숨기는 법까지 자연스럽게 배우다 보니 지금의 성격이 되었다.

하지만 캐롤라인은 어릴 때부터 자신이 하고 싶은 것은 모두 하고 자랐기에 성격이 자연스럽게 자유분방하고 사람을 상대하는 것에 있어서 전혀 거리낌이 없는 것이다.

캐롤라인은 천서영처럼 절제된 삶이 아니라 자유로운 삶을 살았다.

그동안 만난 사람의 숫자만 해도 천서영이 만난 사람의 몇 배는 넘을 테니 당연히 사람 다루는 스킬이 압도적일 수밖에 없었다.

거기다 어릴 때부터 자신이 스스로 하고 싶은 것을 해서 나름 성공한 덕분인지 자신감도 하늘을 찌를 만큼 대단했다.

"뭐, 상관없겠죠."

재중은 그저 순수하게 서핑이 궁금했을 뿐이기에 고개를 끄덕였다.

반면 재중의 승낙을 얻은 캐롤라인은 승리의 미소와 함께 곧바로 경호원을 불러서는 요청했다.

"저기, 제 서핑 도구 두 개만 챙겨주세요."

"저도 갈 거예요."

캐롤라인이 두 명의 서핑 도구만 챙기라는 말에 즉각 반응해서 일어선 천서영이다.

천서영이 따라가겠다고 하자 오히려 그런 그녀의 반응에 미소를 지은 캐롤라인이다.

"세 명분 준비해 달라고 연락해 주세요."

"네, 캘리 아가씨."

어릴 때부터 경호를 하던 사람인지 자연스럽게 캐롤라인의 애칭인 캘리로 부르는 모습이다.

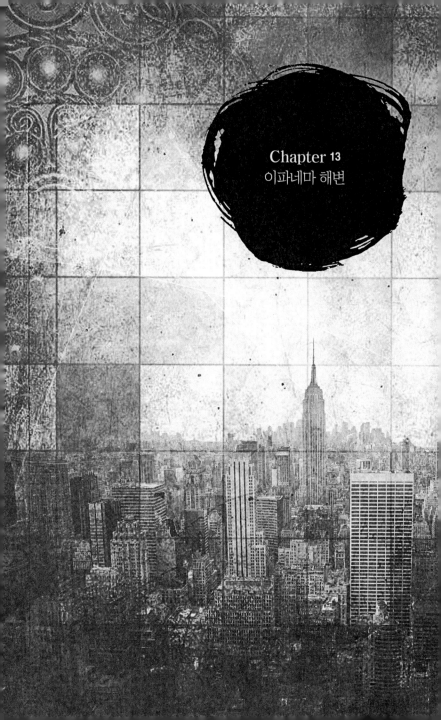

Chapter 13
이파네마 해변

재중귀환록

"어때요? 멋지죠?"

"넓군요."

재중이 생각하던 부산 해운대 해변과는 비교 자체가 불가능한 이파네마 해변의 모습이다.

재중이 순수하게 말하자 괜히 우쭐해진 캐롤라인이다.

대충 살펴봐도 부산 해운대 해변의 열 배는 넘어 보이는 엄청난 길이와 넓이이니 말이다.

거기다 물도 깨끗한 것이 재중이 알고 있는 해수욕장의 해변과는 많이 달랐다.

재중에게 익숙한 부산 해운대는 잡상인과 비치파라솔, 그리고 사람이 많을 때는 콩나물시루에 콩나물이 모여 있는 것처럼 새카만 사람 머리밖에 보이지 않는 모습이다.

　재중의 기억 속 해운대가 정말 해변이라고 부르기도 민망한 수준인 데 반해, 캐롤라인의 안내로 온 이파네마 해변은 그 넓이부터 재중의 시야를 넓혀주기에 충분했다.

　거기다 잡상인도 없고 사람도 정말 바다를 즐기러 온 사람들이 대부분인 듯했다.

　부산 해운대처럼 여자 몸 구경하러 온 사람은 눈을 씻고 찾아봐도 없었다.

　그리고 바닷가 쪽엔 서핑을 즐기는 젊은 사람이 제법 많이 보였다.

　거기다 제법 유명한 관광지인 것이 맞는지 의외로 한국 사람도 꽤 눈에 띄었다.

　해변에 와서 바닷가를 즐기기보다 사진부터 찍어대는 사람들이 외치는 말이 모두 한국말이었으니 굳이 알려고 하지 않아도 바로 알 수가 있었으니 말이다.

　"자, 갑시다! 서핑의 세계로!"

　캐롤라인이 탈의실로 가서 수영복으로 갈아입고 나오는데 역시 브라질 최고의 모델로 인정받는 미녀다웠다.

　쭉쭉빵빵이라는 말이 정확하게 들어맞는 몸매였으니 말

이다.

적당한 가슴, 가냘픈 허리, 마지막으로 풍만한 엉덩이는 확실히 주변 남자들의 시선을 끌어모으기에 충분했다.

물론 뒤이어 나온 천서영도 캐롤라인처럼 육감적이지는 않았지만 뭔가 차분하면서도 다소곳한 매력이 물씬 풍기는 몸매였다.

그리고 보면 천서영과 캐롤라인은 성격부터 시작해 몸매까지 완전 극과 극이었다.

"어때요?"

자신의 몸매를 자랑하듯 재중 앞에서 한 바퀴 도는 행동을 서슴없이 하는 캐롤라인과 달리 천서영은 수영복 차림이 부끄러운지 살짝 비치가운으로 어깨를 살짝 가린 모습이었다.

당연히 재중 앞에서 몸매를 자랑하듯 뽐내는 행동은 절대로 하지 않았다.

"서핑은 기본적으로 간단해요. 무조건 서핑보드 위에서 오래 버티는 거예요."

"……?"

"……."

뭔가 거창하게 가르쳐 줄 것처럼 하더니 딱 그 한마디만 하고 끝이라는 표정을 한 캐롤라인의 모습에 재중이 고개를 갸웃거렸다.

반면 천서영은 할 말을 잃은 표정이다.

"자세나 뭐 그런 거 없어요?"

일반적으로 무언가 배울 때는 자세부터 시작해 여러 가지를 배우는 것이 보통이다.

천서영이 물어보자 캐롤라인은 손을 강하게 저으면서 단호하게 한마디 했다.

"그런 거 다 필요 없어요."

"왜요?"

"어차피 사람마다 체형이 다르고, 중심이 다르고, 거기다 습관이 다른 만큼 균형 잡는 방법도 다른데 무슨 마네킹도 아니고 똑같은 자세에 똑같은 폼으로 서핑하는 것이 무슨 재미가 있겠어요? 결국 서핑이란 서핑보드에서 얼마나 오래 버티면서 안정적으로 파도를 타고 즐기느냐가 중요한데 말이죠. 안 그런가요, 재중 씨?"

천서영에게 대답하는 듯하면서 마지막에 재중을 보면서 끝맺음 하는 모습이 마치 재중에게 동의를 구하는 듯한 모습이다.

'여우다. 그것도 꼬리가 적어도 다섯 개는 달린 오미호.'

천서영은 캐롤라인을 여우로 인정했다.

대화 하나하나가 모두 재중을 겨냥하고 있었으니 말이다.

그리고 철저히 라이벌인 자신을 견제하고 있는 캐롤라인

의 모습에서 직감적으로 느낄 수 있었다.

*　　　*　　　*

"어머! 대단해요!"

재중은 분명 태어나 처음 서핑보드를 타봤다고 했다.

그런데 슬쩍 주변을 살피면서 다른 서퍼들이 타는 모습을 보는 듯하더니 단번에 출렁이는 물 위의 서핑보드에 안정적으로 서 있는 모습을 보여주자 캐롤라인은 너무 놀란 표정을 지었다.

그에 반해 천서영은 올라서기가 무섭게 물에 빠지기 일쑤였다.

그러다 결국 물만 먹고 지쳐 해변가로 올라와 앉아버렸다.

천서영의 입장에서는 정말 억울한 일이었지만, 캐롤라인은 서핑을 어릴 때부터 했는지 당연히 안정적으로 서핑보드에서 중심을 잡고 있다.

그리고 재중은 처음이라는 말이 믿어지지 않을 만큼 파도에 흔들리는 것조차 이용해서 능숙하게 균형을 잡는 모습이다.

"저것도 기공술인가."

천서영은 재중이 서핑보드를 잘 타는 것도 기공술 때문이라고 생각했다.

그 정도로 재중이 서핑보드에서 보여주는 능력이 정말 상식적으로 도무지 이해가 가지 않는 수준이었다.

믿을 수 없을 만큼 능숙하게 적응해 버리니 그렇게 생각할 수밖에 없는 천서영이다.

"진짜 천재 아니에요?"

억울한 천서영과 달리 캐롤라인은 재중이 하나를 알려주면 곧바로 행동으로 보여주는 것에 정말 재중이 서핑이 처음인지 의심이 들었다.

하지만 오직 재중과의 커뮤니케이션을 위해서 무조건 잘한다고 칭찬만 했다.

물론 천재가 아니냐고 하는 것은 진심이 담기긴 했지만 말이다.

"까옷!!"

너무나 잘하는 재중의 모습에 두 사람은 조금 멀리 상급자들이 타는 곳까지 나갔다.

캐롤라인이 먼저 파도를 타고 앞으로 나가자 재중도 파도에 몸을 맡기고 움직였다.

처음에는 캐롤라인이 확실히 능숙하게 파도를 조종하는 듯한 움직임이었지만 잠깐 사이에 재중이 그런 캐롤라인을 앞서기 시작했다.

"설마?"

캐롤라인도 재중이 아무리 천재라도 처음 파도를 타는 상황에 서핑 경력만 10년이 넘는 자신을 앞지를 것이라고는 전혀 예상하지 못했다.

하지만 지금 눈앞에 보이는 현실은 재중이 앞으로 치고 나오고 있으니 이걸 믿어야하는 건지 의심이 가득한 표정이 되었다.

그런데 그게 끝이 아니었다.

앞선 것으로 끝이 아니라 눈에 보일 만큼 빠르게 계속 앞으로 나간다. 그리곤 큰 파도, 작은 파도 가리지 않고 마치 파도를 조정하는 것처럼 능숙하게 서핑보드를 움직이면서 벌써 해변에 도착해 있다.

"허얼, 이건… 말도 안 돼. 처음 서핑하는 사람이 프로도 흉내 내기 힘든 웨이브를 다루다니……."

경력이 10년인 캐롤라인조차도 파도를 한번 타면 그 파도에서만 타는 것이 전부다.

그런데 재중은 앞으로 치고 나가면서 프로도 힘들다는 웨이브를 타기 시작한 것이다.

파도의 종류와 세기, 그리고 높이에 따라 서핑보드를 어떻게 기울이고 돌려야 하는지 정확하게 알아야 가능한 기술인 것이다.

그것을 재중은 단 한 번 만에 실수 한 번 없이 보여주었으니 캐롤라인도 이번만큼은 정말 순수하게 재중을 보고 놀라 버렸다.

"재중 씨!!"

재중보다 늦게 도착한 캐롤라인이지만, 그건 재중과 비교했을 때 늦었을 뿐이다.

워낙에 큰 파도였기에 캐롤라인과 같은 파도를 탄 다른 서퍼들이 제법 있었는데, 그중에서 캐롤라인이 가장 먼저 도착했으니 오히려 빠른 편이다.

"웨이브는 도대체 어떻게 탄 거예요?"

가장 먼저 재중에게 물어보는 것은 역시나 자신이 가르쳐 주지도 않았고 누군가에게 배운다고 되는 것이 아닌 웨이브를 타는 기술에 대한 것이다.

"그냥요."

"네?"

하지만 너무나 허무하리만큼 간단한 대답이다. 캐롤라인은 지금 재중이 장난친다고 생각했다.

"정말 사실대로 말해봐요. 누군가에게 배웠죠?"

야시시한 웃음을 흘리면서 슬쩍 재중의 곁으로 가까이 다가와 풍만한 가슴을 들이대는 캐롤라인의 행동은 너무나 섹시했다.

하지만 그런 캐롤라인의 섹시미가 재중에게 통하기에는 어림도 없다는 것이 문제이지만 말이다.

이미 테라라는 엄청난 미인이 애교를 가장한 육탄돌격을 대륙에서부터 수시로 했기에 오히려 재중은 천서영보다 이렇게 들이대는 여자가 더 편했다.

그냥 돌부처 보듯 하면 되니 말이다.

"처음이에요. 그리고 배운다고 할 수 있는 기술인가요?"

오히려 역으로 되물어오는 재중의 질문에,

"쳇, 그냥 그렇다고 해주면 좋겠구만. 아무튼 쉬운 남자가 아니라니까."

재중의 역공에도 구렁이 담 넘듯 부드럽게 넘겨 버리는 캐롤라인이다.

하지만 이번 서핑은 캐롤라인에게 그저 시우바 회장이 소개해 준 남자라는 것을 벗어나 재중을 다시 보는 계기가 되긴 했다.

사실 캐롤라인이 이렇게 재중에게 적극적으로 대시하는 것은 모두 시우바 회장 때문이다.

어릴 적부터 시우바 회장은 캐롤라인에게 원하는 것, 하고 싶은 것은 뭐든지 하도록 자유를 주었다.

하지만 단 하나, 연애만큼은 아니었으니 그 이유가 재벌가의 손녀로 누릴 만큼 누리고 살려면 그의 준하는 의무도 꼭 해야만 한다는 원칙 때문이다.

노블리스 오블리주의 의무를 해야만 한다고 거의 세뇌에 가까울 만큼 교육을 받은 결과이다.

시우바 그룹의 혜택을 받았다면 당연히 혜택을 받은 캐롤라인은 시우바 그룹에 도움이 되는 일을 꼭 해야만 하는 것이다.

그리고 여자인 캐롤라인에게 가장 확실한 노블리스 오블리주란 정략결혼이다.

본래 노블리스 오블리주는 귀족이나 특권층의 사회적 의무를 지칭하는 말이다.

하지만 정략결혼도 딱히 그 틀을 벗어난 것은 아니었다.

누릴 만큼 누렸다면 대가를 치러야 하는 것은 당연했으니 말이다.

다만 캐롤라인에게는 특이한 조건이 있었는데, 단 세 번 시우바 회장이 소개해 준 남자를 만나야 한다는 것이다.

그렇게 세 번의 만남에도 정말 마음에 드는 남자가 없다면 결혼을 하지 않아도 된다는 조건이 있었다.

물론 다른 사람과 결혼해도 되는 것이 아니라 결혼을 하지 않아도 된다는 것이지만 말이다.

어떻게 보면 세 명의 남자 안에서 신랑감이 없다면 평생 독신으로 살아야 한다는 뜻이기도 했다.

잔인할 수도 있지만, 캐롤라인에게는 그다지 문제가 될 건 없어 보였다.

이미 어릴 때부터 자신의 인생을 즐기면서 살아왔기에 인생을 즐기는 법을 잘 알고 있으니 말이다.

그런데 그런 캐롤라인에게 시우바 회장이 소개한 첫 번째 남자가 아이러니하게도 재중이었다.

어떻게 보면 캐롤라인이 재중에게 노골적으로 대시하는 것도 반은 호기심이지만 나머지 반은 의무감이 포함된 것이다.

물론 재중은 그런 캐롤라인의 마음을 진작 눈치채고 있었다.

마음의 창이라는 눈동자를 통해 어느 정도는 마음을 읽을 수 있는 재중에게 뻔히 보이는 캐롤라인의 대시는 테라와 다를 것이 없었다.

Chapter 14
세르지오

재중귀환록

"아, 배고파."

　어쩌다 보니 이파네마 해변에 온 지 몇 시간이 지나 버렸다.

　거기다 재중과 천서영은 브라질 공항에서 내려서 오다가 테러까지 당하는 바람에 아직까지 무언가 먹은 적이 없었다.

　그제야 그 사실이 생각난 재중이 천서영을 보며 물었다.

　"배고프죠?"

　"네? 아, 그러네요."

　사실 천서영은 진짜 엄청 배가 고프지만 차마 재중 앞에서 배고프다고 말하기 부끄러워서 꾹 참고 있었다.

그래서인지 천서영에게는 재중의 방금 그 말이 마치 천상에서 손짓하는 것처럼 느껴졌다.

"쩝."

그런 재중의 모습을 본 캐롤라인은 슬쩍 시선을 돌려 주변을 살펴보더니 말했다.

"제가 자주 가는 곳이 있는데 어때요? 이곳에서는 유명하거든요."

"그러죠."

재중은 어차피 브라질에 대해서 캐롤라인만큼 멋진 가이드가 없다고 생각했기에 그녀를 따라 움직이기로 했다.

행선지가 정해지자 곧바로 탈의실로 들어간 캐롤라인과 천서영은 생각보다 빨리 옷을 갈아입고 나왔다.

여자들이기에 제법 시간이 걸릴 줄 알고 다른 서퍼들이 서핑을 즐기는 모습을 보고 있던 재중은 방긋 웃는 캐롤라인의 모습에 피식 웃었다.

객관적으로 봤을 때 확실히 캐롤라인은 매력이 넘치는 여자였다.

귀엽기도 하면서 때론 섹시하고, 어쩔 때는 도발적인 성격은 그녀의 미모를 오히려 빛나게 해주는 독특한 매력이 있었다.

거기다 센스도 있는 것이 여러 남자 울렸을 것 같았다.

*   *   *

"어때요?"

캐롤라인이 안내한 곳은 근처 커다란 호텔 옆에 있는 식당이었다.

그다지 화려하거나 뭔가 한국에서 보던 비싸 보이는 외형은 아니었다.

하지만 음식 가격은 레스토랑의 외형과는 완전 딴판인 것이 재중에게 조금은 충격으로 다가왔다.

디저트가 100헤알부터 시작해 먹을 만한 음식은 300~500헤알까지 가격이 엄청 비쌌다.

보통 브라질 100헤알이 한국 돈으로 4만 6천 원 정도이니 500헤알이나 하는 음식의 경우 한 끼 식사가 무려 23만 원이나 하는 셈이다.

하지만 메뉴판 가장 아래에 1,000헤알짜리가 여러 개 있는 것을 보면 확실히 브라질 사람을 상대로 하는 레스토랑이 아닌 것은 확실해 보였다.

어차피 시우바 회장의 손녀인 캐롤라인이나 천산그룹의 손녀인 천서영에게는 그다지 비싸지 않은 가격이긴 했다.

하지만 재중은 메뉴판을 보면서 궁금증이 들었다.

'도대체 얼마나 환상적인 맛을 가지고 있기에 이런 미친 가격이지?'

아무리 관광객을 상대로 하는 레스토랑이라 해도 이건 비싸도 너무 비쌌다.

브라질 물가가 비싸다는 것은 대충 들어서 알고 있었지만, 실제 재중이 레스토랑에 와서 느낀 물가는 상상을 초월했다.

"전 슈하스코로 정했어요."

캐롤라인이 먼저 먹을 음식을 고르자 천서영도 메뉴판을 조용히 내려놓더니 메뉴를 정했다.

"전 모케카로 할게요. 실란트로는 빼구요."

천서영은 능숙하게 메뉴를 고르면서 일반적인 관광객은 알지 못할 모케카에 실란트로를 빼는 디테일한 주문까지 했다.

그러자 캐롤라인이 의외라는 듯 천서영을 바라보았다.

"집안일로 가끔 브라질에 온 적이 있어요."

"그렇군요. 후후훗."

브라질 사람과 브라질에 와본 적이 있는 두 미모의 여인은 먹을 것을 정한 듯했지만 재중은 딱히 먹고 싶은 음식이 없었다.

왜냐하면 지구로 와서 식사다운 식사를 한 적이 거의 없으니 말이다.

이미 재중에게 식사란 그저 살기 위한 수단의 틀을 벗어난 지 제법 오래된 상태였다.

가끔 먹긴 하지만 그건 연아 때문에 어쩔 수 없이 먹는 수준이다.

굳이 비교하자면 가끔씩 즐기는 정도였으니 막상 이런 식당에 와도 먹고 싶은 것이 없는 것은 당연했다.

거기다 브라질 음식들은 이름이 다 요상하다 보니 이름만 보고 어떤 음식인지 추정하는 것도 거의 불가능했다.

그때 정확하게 재중의 생각을 파악한 캐롤라인이 재중에게 말했다.

"제가 하나 추천해 줘요?"

"……?"

재중은 정확하게 자신의 생각을 읽은 캐롤라인의 모습에서 피식 웃고는,

"그래주면 고맙고요."

딱히 거부하지 않았다.

"그럼 랍스타로 하세요. 브라질 음식이 처음인 분들에게 가장 무난하고 맛있거든요."

"그래요? 그럼 그걸로 하죠."

어차피 먹고 싶은 것도 없기에 재중이 흔쾌히 받아들였다.

그런 재중의 반응이 좋았는지 곧바로 주문하는 캐롤라인이다.

그런데 막상 재중 앞에 놓인 음식은 과연 비싼 음식이 맞는지 의심스러운 비주얼을 드러내고 있으니…….

"먹어봐요. 맛있어요."

천서영이 시킨 것은 얼핏 파이를 연상시키는 음식이고, 캐롤라인이 시킨 것은 고기라는 것을 바로 알 수 있을 만큼 간단한 비주얼이다. 그에 반해 재중 앞에 놓은 것은 마치 한국의 부대찌개가 생각나는 모습이다.

다만 그 속에 랍스타가 들어가 있다는 것이 조금 다를 뿐이다.

'이게 300헤알이나 하는 음식이란 말이야?'

사실 겉으로 표현하진 않았지만 재중이 보기에 오히려 잡탕찌개라는 표현이 더 정확해 보였으니 말이다.

거기다 지금 자신의 앞에 있는 이 브라질 음식은 이름도 몰랐다.

캐롤라인에게 모든 것을 맡기면서 신경을 끊어버렸으니 말이다.

어차피 재중에게 음식은 그저 즐기기만 하면 되는 것이라 그랬던 것인데 막상 음식을 보자 이름이라도 들어둘 것을 하는 후회가 되었다.

혹시라도 다시 브라질에 온다면 절대로 이 음식만은 피하기 위해서 말이다.

보기에는 부대찌개 같지만 토마토소스로 만든 랍스타 수프라고 하면 거의 정확한 표현일 것이다.

먹어본 결과 해산물이 많이 들어가긴 했지만 그냥 랍스타 들어간 토마토 수프라는 표현이 가장 정확할 것 같은 맛이었다.

'쩝, 이게 14만 원 정도라니 물가가 장난 아니군.'

물론 관광객을 상대로 하는 식당이고 시우바 회장의 손녀인 캐롤라인이니 일반적인 여행객이 가는 그런 싸면서 푸짐한 곳으로 가진 않을 것이라고 생각은 했다.

하지만 재중의 입장에서는 비주얼 대비 가격이 너무나 차이가 심하게 나다 보니 먹긴 했지만 맛이 없다고 하기도 그렇고 있다고 하기도 애매한 조금은 이상한 뒤끝을 남기는 음식이었다.

"어때요?"

계산도 캐롤라인이 했기에 재중은 말없이 웃어 보였다.

어차피 자기 돈 나가는 게 아니니 굳이 맛없다고 할 이유는 없으니 말이다.

그런데 그렇게 레스토랑을 나와 캐롤라인의 차가 있는 곳으로 걸어가던 일행 앞에 고급 승용차 한 대가 멈춰 섰다.

차 문이 열리면서 50대의 희끗한 머리에 후덕한 인상의 남자가 내리더니 캐롤라인을 보고는 반갑게 인사했다.

재중은 그 남자가 캐롤라인과 인사하면서 재중과 천서영을 빠르게 훑어보는 것을 느꼈다.

천서영은 아직 그의 눈길을 알아채지 못한 듯했지만 재중에게는 노골적으로 쳐다보는 수준이나 마찬가지였기에 도저히 모를 수가 없었다.

"세르지오 아저씨!"

"오~ 이게 누구야? 캘리 아니냐? 잡지에서 자주 보지만 역시나 가까이서 보니 완전 아가씨가 다 되었는데그래?"

"호호호호홋! 제가 뭐 그렇죠. 그보다 여긴 어쩐 일이세요?"

세르지오는 시우바 그룹의 계열사 중 커피를 담당하는 곳의 사장이었다.

아무래도 커피 농장에 있는 시간이 많은 편이었기에 캐롤라인도 이곳에서 세르지오를 만난 것은 의외인 듯 놀란 표정이다.

반면 재중은 캐롤라인의 입에서 세르지오라는 이름이 나오자 바로 떠오른 것이 있었다.

바로 조금 전 테러를 당했을 때 산쵸카르텔의 두목에게 들었던 이름인 바르틴 세르지오가 떠오른 건 어쩌면 당연했다.

그리고 캐롤라인이 재중을 소개했다.

"시우바 그룹에서 커피 사업을 담당하는 바르틴 세르지오라고 하네."

"전 선우재중이라고 합니다. 회장님의 초대로 잠시 브라질에 머물고 있습니다."

"오! 회장님의 초대라……. 자네 대단한 사람인가 보군그래."

세르지오는 재중을 마치 대단한 사람처럼 치켜세웠다. 하지만 재중과 눈동자를 마주한 이상 속마음까지 숨기는 것은 애초에 불가능했다.

'이놈이 확실하군. 확인하러 온 것을 보면 말이야.'

세르지오의 눈동자에서 재중이 읽은 것은 탐욕, 욕심, 그리고 분노였다.

시우바 회장을 습격하기에 가장 좋은 곳과 시간, 그리고 무기까지 모두 알려주면서 디테일한 계획까지 짜주었던 것이 바로 바르틴 세르지오였다.

그는 실패하리라고는 전혀 생각조차 하지 않았다.

그렇기에 세르지오는 산쵸카르텔이 테러에 성공하면 우연히 그곳을 지나다가 시우바 회장의 시신을 수습하면서 자연스럽게 시우바 그룹에서 입지를 높일 생각이었던 것이다.

그런데 막상 와보니 뜻밖에도 테러가 실패했다는 소식이

었다.

거기다 테러가 있었다는 것조차 조용하게 묻혀 버린 상황
이다.

당황한 것은 오히려 세르지오 본인이었다.

일이 이렇게 되자 혹시나 몰라서 멀리서 상황을 지켜보게
한 부하에게 들은 황당한 이야기의 주인공인 재중을 직접 보
기 위해서 기다리기로 결정했다.

그리고 일부러 없는 시간을 쪼개 이파네마 해변을 배회하
고 있다가 우연히 캐롤라인을 만난 것처럼 접근한 것이다.

'뱀 같은 놈이군.'

바르틴 세르지오에 대한 재중의 첫 느낌은 바로 뱀처럼 야
비하고 뒤에서 무슨 짓을 꾸밀지 알 수 없는 녀석이라는 것이
다.

"혹시 브라질이 처음이면 우리 커피 농장에 한번 와보지
않겠나?"

"세르지오 아저씨, 정말요? 정말 가도 되요?"

사실 시우바 그룹에서 직접 관리하는 농장은 엄격하게 관
리자 외엔 출입이 금지된 곳이었다.

캐롤라인은 엄청나게 넓고 커다란 커피 농장을 재중에게
보여주고 싶은 생각은 있었지만 재중과 천서영이 아무래도
외부인이다 보니 제외했던 것이다.

"아무렴. 괜찮고말고. 회장님의 손님인데 시우바 그룹의 주력 상품인 커피 농장을 구경하지 않는다는 것은 오히려 손님에 대한 실례야."

세르지오가 너스레를 떨면서 캐롤라인에게 슬쩍 먹이를 던지자 덥석 문다.

'크크큭, 재미있어. 나를 어떻게 해볼 생각이 가득한 녀석이라니… 심심한데 한번 따라가 볼까?'

세르지오를 꿰뚫어 본 재중에게는 그저 뻔히 보이는 수작에 불과하다.

하지만 재중은 오히려 그렇기 때문에 재미를 느끼는 중이다.

한국과는 전혀 다른 적의 반응이 조금은 신선했으니 말이다.

그리고 잠재적으로 자신의 파트너인 시우바 회장의 위험 요소인 바르틴 세르지오를 그냥 둘 수가 없다는 이유도 있었다.

사실 산쵸카르텔에게 들은 바르틴 세르지오의 이름을 시우바 회장에게 말하지 않은 것은 이유가 있었다.

결국 시우바 회장이 알아서 처리해야 할 집안일이기에 그냥 모른 척했던 것이다.

하지만 이렇게 세르지오 쪽에서 재중에게 먼저 다가와 준다면 굳이 사양할 이유가 없었다.

잠재적인 적도 결국 적이다.

그리고 재중에게 적이란 제거, 아니면 필살(必殺) 두 가지 원칙뿐이었다.

"세르지오 아저씨, 제 차 끌고 갈게요."

자신의 할아버지를 죽이고 싶어 하는 녀석이라는 것을 전혀 모르는 캐롤라인이 환하게 웃는 얼굴로 빠르게 차를 가지러 가버렸다.

그러자 세르지오가 재중에게 다가오더니 조용히 묻는 게 아닌가?

"재중 군은 나와 함께 가는 것이 어떤가?"

씨익~

굳이 가까이로 오겠다는데 재중이 거절할 이유가 없었다.

"그러죠."

그리고 재중은 세르지오를 따라 그의 차에 올라탔다.

물론 차에 올라타기 직전 흑기병을 부르는 것은 잊지 않았다.

'캐롤라인과 천서영을 보호해라.'

─네, 마스터.

재중의 명령이 떨어지자 곧바로 그림자 하나가 찢어져 천서영의 그림자 속으로 스며들었다.

'자, 어떤 꿍꿍이를 가지고 나를 초대하는 것이냐, 바르틴 세르지오. 크크크크큭.'

묘하게 지금 상황이 재미있다고 느껴지기 시작한 재중이었다.

당장 재중에게 무언가 수작을 부리진 않을 것이다.

본래 이런 녀석들은 계획을 세우고, 그 다음 움직이는 성격인 것을 잘 알고 있으니 말이다.

세르지오의 이런 성격과 행동은 대륙에 있을 때 귀족들이 보인 전형적인 모습과 너무나도 닮아 있기에 오히려 재중에게는 예측하기 쉬운 녀석일 뿐이었다.

다만 재중의 무력을 들었을 텐데 세르지오 본인이 접근했다는 것이 조금 의외라는 생각이 들긴 했지만 말이다.

어차피 재중에게 있어 제거해야 할 녀석이라는 것은 별로 다를 게 없는 것이 현실이지만, 커피 농장을 구경하는 것은 나름 흥미가 있었다.

『재중 귀환록』 5권에 계속…

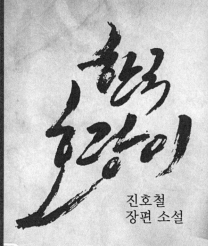

수십 년 전, 용병왕의 등장으로 생겨난
왕국과 용병의 세계.
평소엔 한없이 가볍지만 화나면 누구보다 무서운,
놀고먹고 싶은 그가 돌아왔다!

하지만 바람과는 달리 과거 그의 앙숙과 대륙의 판도는
도저히 그를 놓아주질 않는데……

"용병은 그냥, 돈 받고 칼을 빌려주는 놈들이니까."

그의 용병 철학은 단순했다.

"물론, 누구에게 빌려주느냐가 문제겠지?"

Book Publishing CHUNGEORAM

도시의 주인

말리브 장편 소설
FUSION FANTASTIC STORY

말리브 작가의 신작 현대 판타지!

죽기 위해 오른 히말라야.
그러나, 죽음의 끝에 기연을 만나다!

『도시의 주인』

**다시 한 번 주어진 운명.
이제까지의 과거는 없다!**

소중한 이를 위해! 정의를 외친다!

Book Publishing CHUNGEORAM